巻頭文

# 詩の言葉

谷川俊太郎

＊同じ日本語に翻訳されているのに、翻訳詩は翻訳小説と違いますよね。その違いはどこからくるんでしょう？

○その前にまず詩と小説の違いがあるね。小説は物語、つまりストーリーが基本、ストーリーはヒストリー（歴史）につながる。基本的には筋（プロット）に沿って時間とともに展開していくのが小説だ。それに対して詩は物語の一場面（シーン）だとぼくは考えている。小説を映画にたとえれば、詩は写真にたとえられる。

＊例外があるとしても、写真は具体的に現実の風景や人を写しますが、詩はどちらかと言えば具体的なものより、イメージを元に抽象的に書かれているものが多いと思いますが。

○例えばジャムの「憐れみの気持ではり裂けそう」を読んでごらん。雨の中で死んでいく一匹の子猫の姿がありありと具体的に描写されているが、その描写を支えているのは、作者である詩人の深い憐れみの感情だ。拾い上げてうちへ連れ帰って、ミルクをやればいいじゃないか、この詩の読者の中にはそう考える人もいるだろう。そういう実際的な解決は現実の世界では当然あるかもしれない。でも詩人はそうする代わりに、ありふれた捨て猫の置かれた状況を、客観的な散文ではなく自分の感情を込めた詩で書き留めた。神様に呼びかける一行は、平凡だが散文にはない心の〈調べ〉を感じさせるね。

＊〈調べ〉と言うと音楽を連想しますね。

○日本語の七五調などは、声に出してみると特に音楽に近い。でも詩の言葉に内在されているメロディやリズムは五線譜に記せないような、もっと微妙なものだと思う。言語によって異なるから英語なら英語にひそむ音楽は、日本語のそれとは違う。そこにまた翻訳のもう一つの苦労があるんだ。英語やフランス語の文字はアルファベットだけれど、日本語には仮名と漢字があって、表音文字であるアルファベットに対して漢字は表意文字、つまり一文字だけでも意味を持っているからね。

＊中国語に訳された日本の詩を見たことがあるんですが、日本語にある〈てにをは〉が一つもなくて、これでよく詩の意味が通じるなと思いました。

○詩の中の言葉の意味は、例えば法律や取説の言葉と違って意味の広がりが深いんだ。それを「含意《がんい》」、英語ではコノテーション（connotation）と言うんだけれど、普通私たちが使っている意味とは違う意味を含んでいることがあって、辞書を見ても出ていないことが多い。詩の翻訳では言葉の含意によるつながりが大切なので、詩が解りにくく思えるのは、そんなこととも関係がある。イタリア語に〈traduttore, traditore〉という語呂合わせみたいな警句がある。翻訳者は裏切り者という意味だけど、詩を翻訳していると、この言葉をしばしば思い浮かべるという人が多いね。

＊含意を使わないと言葉は詩にならないんですか？

○そんなことはないよ。井伏鱒二に「さよならだけが人生だ」という有名な詩がある。これは友だちに酒を勧める中国の古い詩からの翻訳なんだ。この本では欧米系の翻訳詩が多いので、ここで一味違う井伏訳を引用してみよう。

コノサカヅキヲ受ケテクレ
ドウゾナミナミツガシテオクレ
ハナニアラシノタトヘアルゾ
「サヨナラ」ダケガ人生ダ

あなたがまだ酒を禁じられている年齢だったら、代わりにたとえばデスノスの「ペリカン」を読んで見るといい。当たり前のことを当たり前の言葉で書いても、最終行のひとひねりで、それが詩に変身するんだってことが分かるだろう。

生きている私たちの体がノッポだったりチビだったり、ふとっていたりやせていたりするように、さまざまな詩人の詩を読んでいるうちに、詩の体にも顔にもいろいろな形、いろいろな表情があることに気がついたのではないかな。

意味だけを取りだして考えていくと、詩の骨格は分かっても詩の体や表情（文体、英語ではスタイル）に鈍感になることがある。詩にもおなじようにおいしいまずいがあって、それは人それぞれだ。好きな歌や、好きな食べものがあるんなら好きな詩があっていい。それを発見するのも詩を読む楽しみのひとつだ。

# 大人になるまでに読みたい 15歳の海外の詩

## ②私と世界

【目次】

## 表記について

＊収録した作品については漢字は新字で表記しました。／＊仮名づかいについては、その訳者の全集および作品集を参考にしました。旧仮名づかいの場合はそのままとしました。同じ語の繰り返しを示す「ゝ」「〱」などの踊り字は、改めました。／＊ふりがなは、底本としたテキストに付けられているものは、そのままとしました。読み方が難しいと思われる語には（　）としてふりがなを付けました。／＊作品の一部に、現在から見て人権にかかわる不適切と思われる表現・語句が含まれていますが、作者の意図はそれら差別を助長することにはないこと、そして執筆時の時代背景と、文学的価値を鑑み、原文を尊重しそのままとしました。

（編集部）

# あこがれを胸に

# 永遠

## アルチュール・ランボー（金子光晴・訳）

とうとう見つかったよ。
なにがさ？　永遠というもの。
没陽《いりひ》といっしょに、
去《い》ってしまった海のことだ。

みつめている魂よ。
炎のなかの昼と
一物ももたぬ夜との
告白をしようではないか。

人間らしい祈願や、

＊アルチュール・ランボー
(Jean Nicolas Arthur Rimbaud)
一八五四年、フランス北東部アルデンヌ県シャルルヴィル生まれ。15歳で詩が雑誌に掲載される。幾度となく家出を繰り返し、一八七一年には、パリでパリ・コミューン革命に参加。同年ヴェルレーヌと出会い、愛人関係になる。共にイギリス・ベルギー・北仏を転々とする。ヴェルレーヌと決別の後、一八七三〜七五年の間に『地獄の季節』『イリュミナシオン』を執筆・刊行する。以降は全く文学とは

ありふれた衝動で、
たちまち、われを忘れて
君は、どこかへ飛び去る……。

夢にも、希望などではない。
よろこびからでもない。
忍耐づよい勉学……。
だが、天罰は、覿面《てきめん》だ。

一すじの熱情から、
繻子《しゅす》の熾火《おきび》は、
〝あっ、とうとう〟とも言わずに、
燃えつきて、消えてゆくのだ。

関わらず、兵士、翻訳家、武器商人など様々な職業を転々とした。骨肉腫により37歳で死去。その作品は、20世紀の詩人や思想家に強い影響を与えている。日本では小林秀雄、中原中也、西條八十などに強い影響を与えた。

とうとうみつかったよ。
なにがさ？　永遠というもの。
没陽といっしょに、
去ってしまった海のことだ。

# 宇宙のいのち

ヨハン・ヴォルフガング・フォン・ゲーテ（井上正蔵・訳）

塵《ちり》は宇宙の一元素
それをあなたは巧みに歌いこなした
ハーフィズよ　恋びとのために
あなたが美しい歌をうたうとき

恋びとの敷居にある塵は
回教主《マームウト》の寵臣《ちょうしん》が額《ぬか》ずいた
金襴《きんらん》の花模様のある
あの毛氈《もうせん》よりまさっている

風がさっと吹いて恋びとの戸口から

＊ヨハン・ヴォルフガング・フォン・ゲーテ（Johann Wolfgang von Goethe）
一七四九年、ドイツ、マイン河畔のフランクフルトの裕福な家庭に生まれる。ライプツィヒ、ついでフランスのストラスブールで法学を修めて弁護士となるが、一七七四年に小説『若きヴェルテルの悩み』によって文学運動「シュトゥルム・ウント・ドラング」の中心的な作家となった。宮廷から招かれ、ヴァイマル公国で政治家として活躍したほか、自然科学でも『色彩論』

埃《ほこり》の雲を送ってくれれば
その匂いは麝香《じゃこう》にまさり
薔薇油よりこのましい

塵よ　それは久しくわたしには欠けていた
いつもどんよりした北の国にいるので
けれども　暑い南の国では
わたしは塵をたっぷり浴びた

だが　もう久しく　愛の扉の
蝶番《ちょうつがい》は鳴りをひそめたままだ
夕立よ　わたしを癒《いや》してくれ
わたしに濡れた青葉の匂いを嗅がせてくれ

（一八一〇）などの業績を残している。一八三二年に死去。生涯をかけた大作、戯曲『ファウスト』第二部の出版は没後のことであった。日本では明治二十年代から作品が翻訳され、森鷗外が詩や『ファウスト』の完訳を行っている。

いま　雷がとどろきわたり
空一面に稲妻が光れば
風に飛ぶあらあらしい塵は
湿って地に落とされる

するとたちまち生命が躍り出し
きよらかな神秘のはたらきがおこり
草は匂って　緑にかがやく
地上のさまざまの地域に

# ヒュペーリオンの運命の歌

フリードリヒ・ヘルダーリン（手塚富雄・訳）

あなたたちは天上の光をあびて
やわらかなしとねの上をあゆむ、しあわせな精霊たちよ、
かがやくそよ風は
かるくあなたたちに触れる、
たおやめの指がきよらかな弦《いと》をかなでるように。

天上の精霊たちは運命のない世界にやすらっている、
寝入っている赤子のように。
つつましい蕾のうちに
けがれもなくまもられて
そのいのちは

＊フリードリヒ・ヘルダーリン
(Friedrich Hölderlin)
一七七〇年、ドイツ南部バーデン＝ヴュルテンベルク州ラウフェンに生まれる。テュービンゲン大学で、のちの哲学者ヘーゲル、シェリングとともに学ぶ。卒業後は家庭教師で生計を立てた。一七九六年に雇い主の夫人と恋に落ち、その経験は代表作『ヒュペーリオン』に反映されている。一七九八年に家庭教師を辞し各地を転々とするが、その間に多くの詩を創作。一八〇二年に帰郷。一八〇六年

とわに花咲いている、
そしてそのやすらかな眼は
変わらぬしずかな
明るさをたたえてかがやいている。

だが　わたしたちは定められている、
どこにも足をやすめることができないように。
過ぎてゆく　落ちてゆく
悩みを負う人の子は、
ものぐるおしい谷水が
ひとときまたひととときと
岩から岩になげうたれ
はてはその迹《あと》も
知られぬように。

以降は精神病が悪化。残りの半生を塔の中で過ごし、一八四三年に死去した。日本では保田与重郎、伊東静雄などに影響を与えた。

# シベリヤへ

## アレクサンドル・プーシキン（金子幸彦・訳）

シベリヤの鉱山《かなやま》の奥そこに
たかい誇りをもってたえ忍べ。
君たちのかなしいはたらき
思いのけだかい願いは亡びない。

幸なき者の心かわらぬ妹――
のぞみはくらい地の下にも
はげみとよろこびを呼びさます。
まちわびた日がおとずれるだろう。

愛と友情がくらいとびらを通して

＊アレクサンドル・セルゲーヴィチ・プーシキン（Александр Сергеевич Пушкин）一七九九年、ロシア、モスクワで由緒ある貴族の家に生まれる。幼少より文学に親しみ、その文才はリツェイ（貴族子弟のための学校）在学中から広く知られていた。卒業後は外務省に勤務。一八二〇年、最初の長編詩『ルスラーンとリュドミーラ』を出版。同年、皇帝批判を含む詩を理由に南ロシアへ左遷されるなど、政府とはしばしば衝突した。一八三〇年、国民的作品

君たちのもとにとどくだろう
いまわたしの自由の声が君たちの
苦役のひとやにとどくように。

重いくさりは地の上に落ちて
ひとやはくずれ　戸口で自由が
よろこびにみちて君たちを迎え
兄弟がつるぎを渡すだろう。

となる韻文小説『エヴゲニー・オネーギン』を完成。一八三七年、美貌の夫人を巡る決闘で致命傷を負い、38歳で死去。叙事詩『コーカサスの虜』、中篇『スペードの女王』『大尉の娘』など多くの作品を遺した。ロシアにおいて口語を多く交えた、近代の文章はプーシキンによって確立された。

# ソネット43

## ウィリアム・シェイクスピア（西脇順三郎・訳）

眼をよくつぶっている時が私の眼は一番よく見える
私の眼は昼の間はぼんやりとしか見えない
だがねむると私の眼は夢の中で君を見る
暗闇に光る眼は暗闇に向けられて光るのだ。
君の影像は他の影像を輝かすほどであるが
君のもっと鋭い光を真昼にあてても
それほど見ばえがしなくなるだろう
見えない眼には君の影はあんなに輝くもの！
死んだ真夜中にも君のおぼろげな美しい姿が
深い眠りの見えない眼にもとどまるのに
まして生々した日中に君と会えるなら

＊ウィリアム・シェイクスピア
(William Shakespeare)

一五六四年、イギリス、イングランド中部ストラトフォードに生まれる。一五八〇年代中頃にロンドンへ移り、一五九二年にはすでに新進劇作家として高い評判を得ていた。『ハムレット』『オセロー』『リア王』など数多くの戯曲を書き、世界の演劇史上最大の劇作家である。また物語詩『ヴィーナスとアドニス』や『ソネット集』などの詩作品も後世に大きな影響を与えている。47歳で故郷に戻り隠退、五

私の眼はどんなに仕合せになるだろう。
君に会えないうちは昼もみな夜だ
夢で君に会えるなら夜も輝く昼だ。

年後の一六一六年に死去。日本でも坪内逍遥による紹介以来、親しまれ続けている。

# ゆりかごを押す

ガブリエラ・ミストラル（荒井正道・訳）

やさしい海が　幾千の
波を押す
波のうたを聞きながら　わたくしは
ゆりかごを押す

夜をさまよい渡る風が
麦を押す
風のうたを聞きながら　わたくしは
ゆりかごを押す

おん父は　音もなく　幾千の

＊ガブリエラ・ミストラル
(Gabriela Mistral)

一八八九年、チリ、エルキ渓谷内陸部のビクーニャに生まれる。3歳から9歳まで、より内陸のモンテ・グランデで育った。15歳の時から教職に就き、後にメキシコ、チリの教育制度の整備に携わる一方で、詩人としても名声を得ていった。詩集に『死のソネット』(一九一四)、『タラ』(一九三八) など。一九四五年にはラテンアメリカの作家で初めてノーベル文学賞を受賞した。一九五七年に死去。

巷《ちまた》を押す
暗がりにそのお手を感じ　わたくしは
ゆりかごを押す

# 豹

## ライナー・マリア・リルケ（高安国世・訳）

パリ、ジャルダン・デ・プラントにて

豹《ひょう》の瞳は、過ぎ去る鉄棒の列のために
疲れてもう何も捕えることができない。
数限りない鉄棒の列があり、その背後に
世界はもう消えてしまったかのよう。

狭い、小さい円を描き続ける
しなやかに逞《たくま》しい足の、柔らかな歩みは、
すさまじい一つの意志が麻痺《まひ》して立つ
中点をめぐっての力の舞踏か。

＊ライナー・マリア・リルケ
(Rainer Maria Rilke)
一八七五年、オーストリア、プラハに生まれる。プラハ大学、ミュンヘン大学で学び、学生のころから多くの詩、評論を書く。ルー・アンドレアス・ザロメ、ロダンなどと交流し影響を受け、自らの詩を深めていった。ヨーロッパ各地を転々とし、第一次世界大戦に徴兵されるなど波乱の生涯を送った。代表作に『ドゥイノの悲歌』『オルフェイウスへのソネット』『マルテの手記』など。一九二六年、スイ

ただ時どき、瞳孔の幕も音もなく
引き上げられる、――すると何かの姿がその中へ入って行く、
それは四肢の張りつめた静寂の中を通りぬけ――
心臓にはいってふと消えてしまう。

スにて51歳で死去。日本では、
広く親しまれており、堀辰雄、
立原道造などに影響を与えた。

# やさしさにまさるやさしさの

オシップ・マンデリシュターム（木村浩・訳）

やさしさにまさるやさしさの
きみが面《おもて》
しろいうえにもいとしろい
きみが腕《かいな》
この世のすべてのものから
きみは遠くにあって——
しかも　きみのすべては
さけられぬこの世のさだめ
きみのかなしみも
冷えることなき腕の
指も

＊オシップ・マンデリシュターム（О́сип Эмильеви́ч Мандельшта́м）一八九一年、ポーランド、ワルシャワでユダヤ系の商家に生まれる。翌年、ロシア、サンクトペテルブルグに移住。一九〇八年、フランスのソルボンヌ大学へ留学、以後ドイツのハイデルベルク大学で中世フランス語を学び、ペテルブルク大学に入る。この間、フランスやイタリアの詩篇に通じるようになる。一九一三年に第一詩集『石』を出版する。象徴主義から離れ、

衰えることなき小川の
しずかなささやきも
きみが瞳の
遠いかがやきも
すべてみな
さけられぬこの世のさだめ

分かりやすい言語で表現した詩は多くの詩人に影響を与えている。国内では次第に発表の場を失い、一九三四年スターリンを諷刺したとして逮捕、三八年再び逮捕され、収容所で死亡。

# 憐れみの気持ではり裂けそう

フランシス・ジャム（井上輝夫・訳）

憐れみや愛することとまた微笑みたい気持ではり裂けそうだ、
けれど微笑むことはいつもできるわけではない。
あの一匹の仔猫が灰色の悲しみでぼくを一杯にした。
あれは市役所の大扉の前でにゃおにゃお鳴いていた
雨のふる泥だらけのあの晩に、そしてぼくは感じとったのだ、
動物達の痛み、動物達の痛みの
諦《あき》らめた物言わぬかぎりなさを。
神様、仔猫はどうするのでしょう、一体どうするのでしょう。

＊フランシス・ジャム
(Francis Jammes)

一八六八年、フランス、スペイン国境近くのピレネー山麓の町トゥルネに生まれる。小説家アンドレ・ジッドと交流をもち、一八九六年にはアルジェリアへの旅に同行した。また、詩人、劇作家のポール・クローデルとも親しく、その影響でカトリックへの信仰を強めた。詩集に『明けの鐘から夕べの鐘まで』（一八九八）、『桜草の喪』（一九〇一）、『キリスト教徒の農耕詩』（一九一一〜一二）など。一九三八年に死去。

雨の下、仔猫の不幸せはあんまり悲しすぎます。
誰が餌をやるのでしょう、誰が餌をやるのでしょう？

おお！　震えながらあそこで死んでしまうとしたら
——あるいは塵芥《ちりあくた》の哀れな猫になるとしたら、

そいつは汚ない泥の中で、ひもじさや
寒感、かさぶた、発熱でくたばるのだ。

——あるいは野兎と間違えられて
犬にでも殺されたりするとしたら。

# 天使

ミハイル・レールモントフ（米川正夫・訳）

夜半《やはん》の空を翔《か》けゆく天使
しづかに歌を口ずさむなり。
月も星も、群らがる雲も
たふとき歌に耳を澄ましぬ。

そは楽園の木かげに憩《いこ》ふ
罪なき魂の幸《さち》をことほぎ。
神をたたふる歌にてありき。
その頌歌《しょうか》にはまことぞ籠もる。

天使は若き魂《たま》を抱きて

＊ミハイル・レールモントフ（Михаи́л Ю́рьевич Ле́рмонтов）一八一四年、ロシア、モスクワで名門貴族の家に生まれる。モスクワ大学付属貴族学校に進み、文学に興味を持ち詩作を始める。その後モスクワ大学、士官学校へと進み、近衛騎兵連隊に所属する。一八三七年にプーシキンの死を悼み書き上げた『詩人の死』を発表。上流階級の批判を含んでいたため、逮捕されコーカサス地方へ左遷される。左遷先で軍功をあげ、一八三八年ペテルブルグに戻ると、『現代の

悲しみと涙の世をば離れゆく。
歌の響きは言葉なくして
かの若き魂《たま》にまざまざ刻まれぬ。

不思議なる望みにみちて
この世に長く魂《たま》は悩みぬ
しかもものうき地上の歌は
み空の響きに代はり得ざりき。

英雄』（一八三八〜四〇）を発表。一躍文学界の寵児となる。再度決闘騒ぎを起こし、またコーカサス地方へと左遷される。静養先のピャチゴルスクで、決闘に応じ、心臓を撃たれ26歳で死去。

# ランプ

## クリスティアン・モルゲンシュテルン（藤原定・訳）

ひろびろとした海にランプがひとつ点《とも》っている。
ランプ、ランプ、どこから来たのだ？

みどりの海藻《かいそう》の改良服を着て
ランプはアマリキクナ島に立っている。

ランプ、ランプ、ランプはあわれにも
ドコトモシレナイ海から来たのです！
そこの海底にはこわれた船がよこたわり、
船窓からイモリとカレイがのぞいてる。

＊クリスティアン・モルゲンシュテルン（Christian Morgenstern）
一八七一年ドイツ、ミュンヘンに生まれる。一八九四年ころジャーナリストとして活動する。その後、結核の療養ためドイツ各地、スイス、イタリアを旅行。イギリスのナンセンス文学の影響を強く受けた、「絞首台の歌」に代表される諧謔的な詩風で知られている。一九一四年、結核によりイタリアのメラーノで死去。

波が来、波がきてランプを押しやる
彼女はいま、岸に足をつけた夢を見ている、
海藻の改良服を着て……
その背景にはアマリキクナ島が横たわっている。

# 嘆き

ライナー・マリア・リルケ（高安国世・訳）

ああ、なんとすべてが遠く
そして遥か昔に過ぎ去ってしまっていることだろう。
今私が受け取る星の光は
数千年前に
滅んでしまった星からくるのだ。
通り過ぎて行った
船の中から
何か不安な声がきこえたような気がする。
家の中では時計が
鳴った……
だがどこの家ともわからない……

＊ライナー・マリア・リルケ
↓前出（21ページ）。

私は私の心の中から出て
広い空の下に立ちたい。
私は祈りたいような気持ちだ。
これらすべての星の中で一つぐらいは
実際にまだ存在しているはずと思う。
どの星が孤独に
まだ生き残っているかが
わかるような気がする、
どの星が光の筋の果てに立つ白い都会のように
空の深みに浮かんでいるかが……

# われは夢む

アルベール・サマン（堀口大学・訳）

われは夢む、優しくてその音慕《ね》ほしき歌を、
羽毛の如くに魂に触るともなく触るる歌を、

水の底なるオフエリヤの髪に似て
繊細の情《こころ》の解けかかる黄金色《こがねいろ》の歌を、

寡言にして韻律《リトム》なく、また技巧《たくみ》もなく、
響なき調《しらべ》の櫂の如くに滑る歌を、

朽ち果てし古き布《きぬ》の如く、
響の如く、雲の如く、捕へがたなき歌を、

＊アルベール・サマン（Albert Samain）
一八五八年、フランス北部、リールで生まれる。パリに出て、市役所の事務員として働きながら、ボードレールやヴェルレーヌといった象徴派の詩人に多く影響を受け、詩作、文芸活動に没頭する。一八九七年に刊行した詩集『王女の庭園にて』で詩人としての名声を確立、没後も版を重ねた。森鷗外、堀口大学、大手拓次らの翻訳がある。一九〇〇年に42歳で結核のため死去。

言葉少なき女人の祈に
時を幻惑する秋の夕の歌を、

心かすかに妙なる愛撫を味ふ程なる
美女桜の香に誘はれし恋の夕の歌を、

やがては神経の心地よき戦慄にひたりつつ
垂こめし微温の内に消えて行く香料の如く、
艶かしき眩暈となりて永劫に死に行く歌を、

黄金色《こがねいろ》の胡弓と哀憐ふかき楽声と……
われは夢む、凋落《しを》れんとする薔薇に似てやさしき歌を。

# 真面目な時

ライナー・マリア・リルケ（立原道造・訳）

今どこかで世界のなかで泣く人は
理由もなく世界のなかで泣いてゐる人は
あれは私のことを泣いてゐる

今どこかで世界のなかで笑ふ人は
理由もなく世界のなかで笑つてゐる人は
あれは私のことを笑つてゐる

今どこかで世界のなかで歩む人は
理由もなく世界のなかで歩いてゐる人は
あれは私の方へ歩みよつてゐる

*ライナー・マリア・リルケ
↓前出（21ページ）。

今どこかで世界のなかで死ぬ人は
理由もなく世界のなかで死んで行く人は
あれは私の方を見いつてゐる

# ソネット123

## ウィリアム・シェイクスピア（西脇順三郎・訳）

「時」よお前は私を無常なものにして得意になるな
お前が力を入れかえて築いたピラミッドなどは
私には古っくさい珍しくもないものだ
昔見たものを衣裳で飾ったものにすぎない。
人生は短いから人はお前が人に贋物として
おしつけた古物を讃美するのだ
前に聞いたことを憶いおこすものだとせずに
むしろ人間の希望として生れたものとするのだ。
では私はお前の記録もお前自身をも拒絶する
私は現在にも過去にも驚かないのだ
お前が絶えず急いでいいかげんに作った

＊ウィリアム・シェイクスピア
↓前出（17ページ）。

お前の過去の記録も人の見聞も当てにはならないからだ。
私はお前やお前の鎌に関係なく真理を求める
私はこのことを誓いこれが永遠なものであるべきだ。

# 万物照応

シャルル・ボードレール（福永武彦・訳）

「自然」は一つの宮殿、そこに生ある柱、
時おり、捉えにくい言葉をかたり、
行く人は踏みわける象徴の森、
森の親しげな眼指《まなざし》に送られながら。

長いこだまの遠くから溶け合うよう、
涯《はて》しもなく夜のように光明のように、
幽明の深い合一《ごういつ》のうちに
匂と色と響きとは、かたみに歌う。

この匂たち、少年の肌に似て爽かに、

＊シャルル・ボードレール
(Charles-Pierre Baudelaire)
一八二一年、フランス、パリに生まれる。リヨンのルイ・ル・グラン高校を経て、パリ大学の法学部に入るが、文学に没頭するようになる。その後、執筆活動に入り、美術批評家として活躍しながら、エドガー・アラン・ポーの作品を翻訳。一八五七年、詩集『悪の華』を出版（初版）、裁判で六篇の削除を命ぜられ、罰金を科される。後に増補した第二版を出版。後世に絶大な影響を及ぼす詩集となる。

牧笛《まきぶえ》のように涼しく、牧場《まきば》のように緑に、
——その他《ほか》に、腐敗した、豊かな、勝ちほこる
匂にも、無限のものの静かなひろがり、
龍涎《りゅうぜん》、麝香《じゃこう》、沈《じん》、薫香《くんこう》にくゆり、
精神と感覚との熱狂をかなでる。

40代より健康を害し、一八六七年に病没。没後一八六九年に散文詩集『パリの憂鬱』が出版される。日本でも数多くの翻訳があり、数多くの詩人に影響を与えている。

# 風船

## オスカー・ワイルド（西條八十・訳）

濁つた土耳古玉《とるこだま》の空へ
かるく輝く風船だまが
繻子《しゆす》の月の浮き沈み
絹の胡蝶のやうに浮く。

風吹くごとに蹣跚《よろ》めき
踊子のやうに起きて踉《よろ》めく、
不思議な透《す》いた真珠とうかび
銀の粉《こな》とも落ちて泛《うか》ぶ。

いま低い葉に縋《すが》りつく

＊オスカー・ワイルド
（Oscar Fingal O'Flahertie Wills Wilde）
一八五四年、アイルランド（当時はイギリス領）のダブリンに生まれる。頽廃的といえる19世紀末文学を体現する作家。ダブリン大学、オックスフォード大学に進む。特にオックスフォードは主席で卒業した。執筆生活に入り、講演旅行では、アメリカで、ホイットマンなどと会う。順調な執筆生活であったが、一八九五年より同性愛関係にあった、16歳年下のアルフレッ

みんな気まぐれな羞《はぢ》らひ姿
いづれも薔薇の葩《はなびら》か
陽炎《かげろふ》の糸にひかるる。
高い樹へみんなは攀《のぼ》る
紫水晶《あみしすと》の繊玉《ほそだま》のやうに、
菩提樹《ぼだいじゅ》の紅宝石《るびい》との媾曳《あひびき》に
猫眼石《ねこめいし》はまよひゆく。

ド・ダグラス（『サロメ』の英訳者）の父親と裁判になり、有罪と破産を宣告され、投獄された。服役後はイタリアとフランスを転々とし、一九〇〇年、パリにて46歳で病没。代表作に戯曲『サロメ』、小説『ドリアン・グレイの肖像』、童話『幸福な王子』などがある。

# むなしさ

D・H・ロレンス（上田保・訳）

ひらいては閉じる星くずが
わたしの浅い胸に落ちかかる、
池にうつる星のように。

ひんやりとわたるそよ風は
さざなみの小さな波がしらをつぎつぎと
わたしの胸にたたたんでいく。

そしてわたしの足のしたの暗い草は
わたしの中で、水をはねかえしているようだ、
小川のなかの草のように。

＊D・H・ロレンス
(D.H.Lawrence)
一八八五年、イギリス、ノッティンガム北西の炭鉱町イーストウッドに生まれる。一九一一年に最初の小説『白孔雀』を出版。翌一二年に大学時代の旧師アーネスト・ウィークリーの夫人フリーダと駆け落ちし、フランス、ドイツを経てイタリアに至った。第一次大戦中はイギリスに戻っていたが、戦争が終わると再びイタリアへ移り、それから長期にわたる流浪の生活に入った。一九三〇年、南フラン

そうだ、すてきなことだ
すべてこうしたものになりきって
これ以上自分でなくてすむということは。
それもそうさ、
おれは自分にうんざりしているんだ。

スのヴァンスで死去。小説に『息子と恋人』(一九一三)、『虹』(一九一五)、『チャタレイ夫人の恋人』(一九二八)など。日本では戦前から西脇順三郎らによって紹介されており、戦後には伊藤整による『チャタレイ夫人の恋人』翻訳が、わいせつ罪に問われた事件と裁判で有名となった。

# 地平線

マックス・ジャコブ（堀口大学・訳）

彼女の白い腕が
私の地平線のすべてでした。

＊マックス・ジャコブ
（Max Jacob）

一八七六年、フランス西部ブルターニュでユダヤ人の家庭に生まれる。パリに出て、詩人・画家として活躍する。アポリネールやコクトー、ピカソなどと交流した。古い詩法から脱却し、音楽的、絵画的な詩風で、前衛芸術をリードした。一九一五年にカトリックに改宗。その後、フランス中部のオルレアンの僧院に移り住み、隠遁生活を送る（途中、一度パリに戻っている）。一九四四年、ナチスドイツによって捕らえられ（当時フランスはドイツに占領されていた）、ドランシーのユダヤ人収容所で死去。

# ペリカン

ロベール・デスノス（窪田般彌・訳）

ジョナタン船長は、
十八才。
或る日、極東のある島で
ペリカン一羽つかまえる。

ジョナタンのペリカンは、
朝、真白な卵を生み落す
そしてそこから、一羽のペリカン
驚くほど似た奴が顔を出す。

この二番目のペリカンは

＊ロベール・デスノス
(Robert Pierre Desnos)
一九〇〇年、フランス、パリに生まれる。一九二〇年ごろ、アンドレ・ブルトンと知り合い、シュールレアリスム運動に参加。グループの重要な人物となる。ジャーナリストとしても活躍したが、そのことによってグループとは離反する。ラジオドラマや、映画評など多彩な才能を発揮し、分かりやすく明快な詩情あふれる作風で人気を得た。第二次大戦中は占領下のフランスでレジスタンスに参加し活動。

今度はそいつが、真白な卵を生み落す
そしてそこから、これは当り前のことだけど
同じことをする別の一羽が顔を出す。

こうしたことは、いつまでも長くつづくに違いない
もしも人間が、卵のうちにオムレツにしてしまわないなら。

一九四四年に捕らえられ、チェコスロヴァキアのテレジン収容所へ送られた。翌一九四五年、終戦を迎え収容所からは解放されたものの、チフスのため死去。

# 鰊の燻製

シャルル・クロス（鈴木信太郎・訳）

息子のギイに

はだ、はだ、裸《はだか》の——真白な大きな壁に、
たか、高《たか》、高《だか》と——梯子《はしご》が一丁《いつちやう》掛けられて、
から、から、乾《から》びた——燻製《くんせい》の鰊《にしん》が地面に。
とん、とん、尖《とが》つた——大きな釘《くぎ》と鉄槌《かなづち》と
でか、でか、でつかい——麻糸の巻かれた杷《たば》とを、
きた、きた、汚《きた》ない——手に持つて、来たのは奴《やつ》だ。

＊シャルル・クロス
(Hortensius Émile Charles Cros)

一八四二年、フランス南部オード県ファブルザンに生まれる。祖父、父ともに学者であり、学校には行かず家庭教育により育つ。聾唖学校の教師となりパリに出る。解雇されるが、独学で医学を学びながら、文学活動も始めるようになる。詩作を始めヴェルレーヌらと交遊。パリ・コミューンの時には軍医として働く。この時ランボーと対面している。発明家でもあり、エジソンと同時期に蓄音機を開発し

たか、高《たか》、高《だか》と——その梯子《はしご》に奴め昇つて、
はだ、はだ、裸《はだか》の——真白な大きな壁の天辺《てつぺん》に、
とん、とん、とんと——尖《とが》つた釘を打ち著ける。

おち、落《お》ち、落ちる——鉄槌《かなづち》が手から離れて。
なが、長《なが》、長《なが》い——麻糸を釘に結《ゆは》へて、その端《はし》に、
から、から、乾《から》びた——燻製《くんせい》の鰊《にしん》を附ける。

たか、高《たか》、高《たか》い——梯子から下りた奴めは、
おも、おも、重《おも》たい——鉄槌《かなづち》と一緒に梯子を運び去り、
とほ、とほ、遠く——何処《どこ》かへ、それから去《い》つちまふ。

から、から、乾《から》びた——燻製鰊《くんせいにしん》は、その時以来、
なが、長《なが》、長《なが》い——その麻糸の端《はし》に結ばれ、

ていた（特許はエジソンが得た）。一八八八年に死去。息子のギイ＝シャルル・クロスも詩人である。

いつ、いつ、いつも――ゆうらりゆらりと揺《ゆ》れてゐる。
簡《かん》、単《たん》、単《たん》な――このお話を、わしは作つた、
真面《まじ》、真面《まじ》、真面目《まじめ》な――人たちを怒らせるため、
ちひ、ちひ、ちひさな――子供らを喜ばせるため。

# H

## アルチュール・ランボー（小林秀雄・訳）

＊アルチュール・ランボー
→前出（7ページ）。

あらゆる非道が、オルタンスの残虐な姿態を発《あば》く。彼女の孤独は色情の機械学、その倦怠は恋愛の力学だ。幼年時の監視の下に、幾多の世紀を通じて、彼女は諸々の人種の熱烈な衛生学であった。その扉は悲惨に向って開かれ、そこに、この世の人間どもの道徳は、彼女の情熱か行動の裡に解体を行う。——血だらけになった土の上に、清澄な水素による、まだ穢れを知らぬ、様々な愛の恐ろしい戦慄。オルタンスを捜せ。

# 心の旅へ

# 隠せないもの

ゲーテ（井上正蔵・訳）

隠しにくいのはなんだろう　火だ
夜はおびただしく焔《ほのお》が出るし
昼は煙が立って露見する
さらに隠しにくいのは　愛だ
それは　そっと胸にたたんでおいても
たやすく眼からあらわれる
もっとも隠しにくいのは　詩だ
それはつつみ隠すことができない
詩人がいきいきと詩を歌うとき
こころは詩情に満ちあふれているのだ
詩人が気持よくうつくしく詩を書けたとき

＊ヨハン・ヴォルフガング・フォン・ゲーテ
↓前出（10ページ）。

心から世のすべてのひとに読まれたいと思う
詩人はそれをひとびとに喜んで声高に読む
その詩がひとびとを悩まそうとも喜ばそうとも

# これが詩人というもの——詩人とは

エミリー・ディキンソン（亀井俊介・訳）

これが詩人というもの——詩人とは
ありふれた意味のものから
驚くべき感覚を——
また戸口で枯れてしまった

ありきたりの草花から
すばらしい香水を抽出する人——
わたしたちには不思議です——前に
自分がそれをとらえられなかったことが——
いろんな絵を、発掘して見せる人——

＊エミリー・ディキンソン（Emily Dickinson）
一八三〇年、アメリカ、マサチューセッツ州アマースト生まれ。女学校に在籍した17歳の一年などをのぞいて、人生の大半を生家で過ごす。彼女の作品は一七七五篇にのぼるが、生前印刷されたのはそのうち7篇のみだった。一八八六年に死去したのち、続々と詩集が刊行されたが、編者による改変が多かった。一九五五年にようやく、オリジナルの状態での作品の刊行がなされた。

詩人とは――そういう人で――
わたしたちを――反対に――
絶え間ない貧困にふさわしい者とします――

分け前については――とんと無頓着で――
強奪しても――損害を与えられない――
詩人は――みずからが――財産で――
時間の――外にあるのです――

# つよくたくましく

ゲーテ（井上正蔵・訳）

詩をつくるのは　ほしいままの心
だれも　わたしにつべこべ言うな
きみたちは　わたしのように　たのしく自由に
あつい血を大胆にたぎらせろ

時々刻々の苦しみを
にがにがしく味わわねばならぬときには
わたしもまた　つつましくしているだろう
きみたちどころではなく

なぜなら　つつましさは美しい

＊ヨハン・ヴォルフガング・フォン・ゲーテ
↓前出（10ページ）。

少女が花のさかりのときには
少女はやさしく求愛されることを願い
粗暴な男からは逃げ出すものだ

また　つつましさはいい
賢者が語るときには
そうした賢者は時と永遠について
わたしたちに教えを垂れる

詩をつくるのは　ほしいままの心
ひとりこもってするがいい
心のさわやかな　友よ　女よ
ただ　やって来たまえ

僧帽も僧衣もない坊主よ
わたしにむかって　とやかく言うな
わたしがおまえらにめちゃめちゃにされても
おまえらの言うとおりにはならないぞ

おまえらの空虚な念仏を聞くと
わたしはとっとと走り去る

# 海辺の墓地

ポール・ヴァレリー（鈴木信太郎・訳）

鳩の群《むれ》が歩いてゐる　この静かな屋根は、
松の樹間《このま》、墓石《はかいし》の列《（なら）》ぶ間に、脈打《みやくう》つてゐる。
「午《まひる》」の極《きよく》は　ここに今　火焔で海を構成する、
絶えず繰り返して打寄せる　海を。
神々の静寂《せいじやく》の上に　長く視線を投げて
おお　思索の後の心地よい　この返礼《むくい》。

知覚し得ない泡沫の数々の金剛石《ダイヤモンド》を
鋭い燦《かがや》きの　何といふ純粋な働きが　閉ぢ込めてゐることか、
そして何といふ平安《やすらぎ》が　懐胎《（かいたい）》されさうに見えるのか。
深淵の上に　太陽が身を憩《いこ》ふ時、

＊ポール・ヴァレリー
(Paul Valéry)
一八七一年、フランス、地中海沿岸のセートに生まれる。モンペリエに移住し、モンペリエ大学法学部に進む。この前後より文学に熱中し、アンドレ・ジッドと親しく交わる。一八九五年に評論『レオナルド・ダ・ヴィンチの方法序説』、一八九六年に小説『テスト氏との一夜』を発表。その後は沈黙期に入る。一九一七年、ジッドの勧めで詩『若きパルク』を発表、文学的名声を得る。

永遠の素因が生んだ純粋な二つの作品、
「時間」は閃《（ひらめ）》き　そして「夢」は即ち智慧となる。
泰然《（たいぜん）》と揺《ゆる》がぬ宝、ミネルヴァの簡素な寺院、
静寂《せいじゃく》の堆積《たいせき》よ、見ることの出来る無尽蔵、
高々と屹立《きつりつ》する水、「眼」よ　炎《ほのほ》の燃える
面帕《かほぎぬ》の裏　多くの睡眠《ねむり》をお前の中に匿《（かく）》してゐる眼、
おお　わが沈黙よ……　魂《たましひ》の中の神殿、
さはれ　幾千の甍《いらか》の波打つ金の棟《むね》、「屋根」よ。

一瞬の吐息の中に要約される、「時間の寺院」、
この純粋の一点に　俺は昇つて、海上を
見晴《みはるか》す　わが視線に囲まれ、恍《うつとり》とする。
そして　わが至高の供物《くもつ》を　神々に献げるやうに、

一九二五年にはアカデミー・フランセーズ（フランス学士院）の会員となり、以降フランスを代表する知識人として多くの著作を残した。一九四五年に死去。その死を悼み戦後フランスにおける最初の国葬が行われた。

燦々《さんさん》ときらめく光は　幽遠《ゆうえん》の
深みの上に　王者のやうな驕慢《けうまん》を蒔《ま》く。

果実《くだもの》の形が滅びる　口の中で
その存在の喪失を　快感に変ずる時に、
果実は　享楽《きやうらく》となつて溶解してゆくやうに、
わが未来の香煙《かうえん》を　いま俺はここに嗅ぐ。
そして天空は　焼き尽くされた魂に
ざわめきの高鳴る岸辺の変貌を　歌ふ。

美しい空、真実の空よ、見よ　変つてゆく俺を。
あれほどの驕慢《けうまん》の後、あれほどの不思議な、然し
力の溢れた放心の懶惰《らんだ》の後に、
この光輝く空間に　わが身を委《ゆだ》ね、

死者の住む家々の上を　わが影が横切《よぎ》つて、
弱々しいその足どりに　影は俺を順応させる。

憐憫《(れんびん)》もなく火箭《くわせん》を降らせる光の　正《まさ》に
讃《たた》ふべき正義よ、俺は、至日《しじつ》の炬火に
魂を　晒《さら》されながら、お前を支持する。
純粋なままのお前を　最高の位置に返へさう。
自己《みづから》を凝視せよ……　だが照り返へす
光は　影の陰鬱《(いんうつ)》な半面を　仮定してゐる。

おお　おのれ孤《ひとり》の為、おのれ独りで、おのれの中に、
心のかたはらに、詩の生れる源泉《みなもと》に、
虚無と　純粋な到来との間に、俺は
内在するわが大きさの反響を　待つてゐる、

絶えず未来の空洞を　魂の中で高鳴らせる、
苦渋に満ちた、陰鬱な、響の高い貯水槽を。

知つてゐるか、葉蔭《はかげ》の虜《とりこ》とも見える女の囚人、
墓場の細い鉄柵に噛み入る深い湾、
閉ぢられたわが眼の上に、眩《まばゆ》く燦《かがや》く秘密よ、
何といふ肉体が　その懶《ものぐさ》い窮極《(きゆうきよく)》に　俺を曳摺《(ひきず)》り込み、
何といふ額《ひたひ》が　この骨灰の地に　肉体を惹き寄せるのか。
光芒は　そこに　わが不在者たちを　思念する。

閉《とざ》されて、神聖な、物質のない火に溢れ、
光に献げられてゐる　大地の断片、
この場所を俺は好む、炎《ほのほ》によつて見守られ、
金と石と　仄暗い樹木によつて　構成され、

数多くの大理石は　亡霊の上に顫へてゐる。
忠実な海は　われらの墓の上に　眠つてゐる。

きらきら光る番犬よ、偶像崇拝の徒を追払へ、
牧人の微笑を浮べて孤独の人、俺が　静かな
墓石の真白な羊の群を、わが神秘的
羊の群《むれ》を、悠々と　野に草飼ひに放つ時、
慎み深い鳩の群、空虚な夢、
翼々《よくよく》とした小心の守護の天使を、遠ざけよ。

ここに到れば、行く末は　ただ懶惰《らんだ》。
蝉の声は姦《かしま》しく　乾燥の絃《いと》を掻き鳴らす。
あらゆるものは　燃え上り、解体されて、大気の中に
何か解らぬ厳粛な精気となつて吸ひ込まれる……

不在によつて酔ひながら、生は限なく浩《ひろ》く、
苦渋は甘く、精神は明るく朗《ほが》らか。

隠された死者たちは　正にこの大地の中に居て、
大地は　死者を煖めて　彼等の神秘を乾燥させる。
天高く「午《まひる》」、「午《まひる》」は　寂然《じやくねん》として不動《ふどう》、
自《みづか》らの中に　おのれを思索して　おのれに合致する……
完璧な頭脳よ、完全に作成された王冠よ、
俺は　お前の中にある秘密の変化に過ぎない。

お前の恐怖を押へるため　俺だけがゐる。
わが後悔も、わが疑惑も、わが束縛も、
ことごとくお前の巨大な金剛石の瑕痕《きずあと》だ……
だが大理石に重く圧潰《おしつぶ》された夜《よる》、

樹々の根に埋まる朦朧《（もうろう）》とした人々は
徐《おもむろ》に　既にお前の味方となつてゐた。

人々は　重厚な不在の中に溶解した、
赭《あか》い粘土は　真白な種族を嚥《（の）》んだ、
生きてゆく天賦の力は　花々の中に移つた。
死者たちの聞き馴れた言葉、人々の
固有な技術、独自の魂は、今何処にあるか。
蛆虫《うじむし》は　涙が嘗て湧き出した窩《あな》に蠢《うごめ》く。

擽《くすぐ》られた娘たちの甲高《かんだか》い叫び声、
その眼、その歯並び、潤《うるほ》つてゐる眼瞼《まぶた》、
火と戯《たはむ》れる可愛らしい乳房、
諾《うべな》ふ唇に　輝くやうに光る血、

最後に与へる贈物、なほ護らうとする指、
あらゆるものは地下に入り、再び賭《(かけ)》に加はるのだ。

而して、尊《たふと》い魂よ、お前は夢を期待するのか、
肉体の眼に　いま波と金とが此処に作り出す
虚妄《いつはり》のこの色彩もないやうな　儚《はかな》い夢を。
一抹の煙とお前がなるやうな時にも　歌ふか。
さあ。一切は遁走する。わが現実の存在は
粗鬆《そしよう》。神聖な不滅の焦慮も　また死ぬ。

痩せ衰へ、金泥を塗られて而も黝《かぐろ》い　不滅よ、
死をもつて　母胎を形成《かたちづく》つてゐる
醜《みぐる》しくも月桂冠を戴いた　慰めの女、
美しい虚言《そらごと》であり　また敬虔な策略よ、

中身の空《から》のこの髑髏《どくろ》と　その永遠の哄笑とを
誰が知らぬか、また誰が拒絶しないか。

深い地底の父祖たちよ、住む者も居ない頭よ、
土を掬《すく》つて盛り掛けた重みの下に
土と化し、わが歩調《あしどり》も識別し得ない人々よ、
本当に蝕《むしば》む者、墓虫でないとは証明し切れない蛆虫は、
墓場の石の下に眠る父祖たちの為ではなく、
生命を啖《くら》つて生きて、俺を離れることがない。

恐らくは、自己への愛か、それとも寧ろ　憎しみか。
秘められた蛆虫の歯は　わが身に近く寄り迫り
友か敵《かたき》か呼び名さへ　孰《いづ》れも適《かな》ふ。構はない。
蛆虫は　見る、欲する、夢みる、俺に触れる。

わが肉体が気に入つて、俺の臥床の
中にまで、この生物《いきもの》に所属して　俺は生きてゐる。

ゼノンよ、苛酷な弁証のゼノン、エレア派のゼノンよ。
汝は　羽根のあるこの矢で　俺を射た、
唸《うな》りを挙げ、飛んで、飛ばない矢で射たのだ。
矢の音は俺を生み、矢は俺を殺すのだ。
ああ、太陽は……　魂にとつては　何といふ
亀の影か、大股で走つて不動のアキレスは。

いな、いな……　立ち上れ。継起する時代の中に。
わが肉体よ、打ち毀せ、この思考する形態を。
わが胸よ、噍み干せ、風の誕生を。
清新の大気は、海から　湧きあがり、

わが魂を俺に返還する…… おお 鹹《しほから》い風の力よ。
さあ 水に駆け込んで 生々として躍り出さう。

さうだ。荒れ狂ふ昏迷に陥《おち》りやすい大海よ、
斑点の豹の毛皮よ、太陽の照射の光の
百千々《ももちぢ》に 千々《ちぢ》に 孔を穿《うが》つた外套《クラミド》よ、
絶対の水の蛟龍《ヒドラ》よ、紺碧《(こんぺき)》の己《おのれ》の肉に酔ひ痴れて、
静寂《せいじやく》にも似た 擾乱《ぜうらん》のさなかに
燦《きら》めく蛇尾《だび》を 噛んでゐる、海よ、今

風 吹き起る…… 生きねばならぬ。一面に
吹き立つ息吹は 本を開き また本を閉ぢ、
浪は 粉々《こなごな》になつて 巌《いはほ》から迸《ほとばし》り出る。
飛べ 飛べ、目の眩《くるめ》いた本の頁《ページ》よ。

打ち砕け、浪よ。欣《よろこ》び躍る水で　打ち砕け、
三角の帆の群の漁《あさ》つてゐたこの静かな屋根を。

# 私の心は虹を見るとおどる

ウィリアム・ワーズワース（安藤一郎・訳）

私の心は、虹《にじ》を見るとおどる、
おさないころにそうだった、
おとなになってる、いまもそうだ、
やがて老《お》いても、そのように、
そうでなければ、死んでいたい、
おさな子はおとなの父だ、
それで、わたしは望《のぞ》ましい、
わたしの日々が、
自然《しぜん》をうたう心で、
一日《にち》一日《にち》と

＊ウィリアム・ワーズワース（William Wordsworth）一七七〇年、イギリス、湖水地方のコッカマスに生まれる。ケンブリッジ大学卒業後の一七九一年、革命が進行するフランスへ渡り、現地の女性と子供をもうけるが、一七九二年末には帰国する。一七九三年に最初の詩集を出版。その後に詩人、批評家のコールリッジと共著で出版した『抒情歌謡集』（一七九八）はイギリス・ロマン派の出発点と考えられる重要な詩集である。他の詩集に自伝的大作『序曲』など。一八四三年には桂冠詩人の称号を与えられる。一八五〇年に死去。

# 映像《イメージ》

ガブリエーレ・ダヌンツィオ（有島生馬・訳）

嫌悪《にくしみ》の氷の底に、欲望の焔《ほむら》消え、
いかなる愛の薄紗《ヴエール》も、
物憂《う》き裸体をかくし得ぬ時、
汚《けが》れし肉の如何に悲しき！

（されば、聖《きよ》き映像《イメージ》よ、汝《なれ》は深き魂《こころ》の、
奥にこそ湧け。凋《しを》れたるけいび蘭の、
細き茎の折れしごと、汝《な》が金髪《ブロンド》の頭《かうべ》を、
頚《（くび）》の上《へ》にかしげよかし。）

遠くただ一人、墳墓《おくつき》にあるごと、

＊ガブリエーレ・ダヌンツィオ（Gabriele D'Annunzio）
一八六三年生まれ。イタリア中部、ペスカーラの裕福な家庭に生まれる。早熟の天才で、一八七九年に16歳で詩集『早春』を発表。ローマ大学に進み、以後広く文学活動を行う。戯曲『死都』、詩集『アルチオーネ』、小説『死の勝利』など、耽美主義を代表する作家とされ、下院議員を務めたり、第一次大戦後は、義勇軍を率いてフューメ（現・クロアチア、リエカ）のクーデターを指揮するなど政治活動に

胸の奥にかすかに鼓動するとき、
醜き肉の如何に悲しき！
（おお、牛乳《ミルク》の如く白く、
物言はぬ映像《イメージ》よ、優《やさ》しく、
鳩に似しその目もて、常に瞶《みつ》むる。）

も従事し、ファシズム政権下の英雄となる。晩年は北イタリアの山荘に隠棲し、一九三八年同地で没した。日本では、三島由紀夫が作品だけでなく、行動にも影響を受けた。

# 夢

## ウィリアム・ブレイク（山宮允・訳）

天使のまもるわが床に
かう云ふ夢が降りてきた、
私の寝てゐる草原で
蟻が道をばふみ迷ひ、

なづみ、まどうて、寄るべなく、
もつれた枝をふみしだき
ゆけば日は暮れ、疲れはて、
たまりかねてぞかう云うた——

「おお子供らよ、泣いてるか、

＊ウィリアム・ブレイク
（William Blake）
一七五七年生まれ。イギリス、ロンドンの貧しい靴下商の三男として生まれる。一七七一年に版画師に弟子入りし、以後版画で生計を立てた。一七八三年に最初の詩集『詩的素描』を出版。以後の詩画集は、独自に考案したエッチングの手法で印刷、それに自ら彩色するという方法で作製された。『四人のゾアたち』『ミルトン』『エルサレム』など神話的な叙事詩作品を生み出すが、生前はほとんど理解されな

父のなげきが聞えるか。
出でては父を待ちのぞみ、
かへつて家で泣くであろ。」

私は哀れで泣きました。
しかし傍へのうじ蛍
答へて云く「泣きながら
夜番を呼ぶは何人ぞ。」

「土を照すはわが務《つとめ》、
甲虫《むし》はあたりを飛び廻る。
甲虫《むし》の羽音に従ひて、
家路《いへじ》をいそげ、旅人よ。」

かった。一八二七年死去。一九世紀末からイェイツらによって再評価された。

# 異邦の薫り

シャルル・ボードレール（福永武彦・訳）

秋の日の暑い夕べに、両の眼をとざし、
汗ばんだお前の乳房の匂《におい》にひたる
時に、僕は見る、長々とうねる
幸福の岸辺を照らす単調の日射《ひざし》。

懶惰《らんだ》の島よ、自然はそこに生かす、
奇異な樹々と香わしい木の実と、
男等にはしなやかな体つきと強い力と、
女等は眼に、世に稀な素直《すなお》の色を漂わす。

魅惑の風土へとお前の匂に導かれ

*シャルル・ボードレール
↓前出（39ページ）。

僕は見る、大海の波のそよぎに今も尚
疲れている帆とマストとに埋まる港を。
羅望子《らぼうし》の緑の薫り、風に流れ、
僕の鼻孔をふくらませ、僕の魂に
水夫等の歌声を綯《な》いまぜる間に。

# 旅への誘い

シャルル・ボードレール（福永武彦・訳）

愛する妹よ、
いとしい子よ、
行こう、二人して暮すために！
——のどかな愛と、
愛と死と、
お前によく似た遠い国に！
霧の空には、
濡れた陽は
お前の涙のかげにかがやく
移り気な眼の
不可思議の

＊シャルル・ボードレール
↓前出（39ページ）。

魅力のように、わたくしを焼く。
そこにすべては整いと美と
栄華と悦楽と静けさと。

　　年月を越え
　　色は冴え、
家具は二人の小部屋を飾り、
　　稀な花々
　　香《こう》の幽かな
匂《（におい）》にまじりその香はくゆり、
　　鏡は深く
　　窓は高く、
東洋の遠い豪奢を凝《こ》らす

すべてのもの、
その生の
やさしい秘密の言葉を洩らす。
そこにすべては整いと美と
栄華と悦楽と静けさと。

運河のほとり
船は眠り、
さすらいの旅の想いをのせながら、
お前の望みに
つくすために
船は来る、遠くこの世の極みから。
——沈む陽のもと、

野と運河と、
すべての街はあかねの色に、
こがねに燃える。
——世界は眠る、
このあつい光のただ中に。
そこにすべては整いと美と
栄華と悦楽と静けさと。

# 旅人

アントニオ・マチャード（永田寛定・訳）

ほがらかな幼き日の夢に、
遠い国への門出《かどで》が見える兄。
その兄が、うす暗い家族の居間の
われらと一緒に、坐《すわ》つてゐる。

今では、蟀谷《こめかみ》がもう銀いろで、
狭《せま》いひたひのちよび毛も灰色。
まなざしの冷たい不安に、
大よそ知れる空つぽのたましひ。

ふるく陰気な秋の庭に、

＊アントニオ・マチャード
(Antonio Machard)
一八七五年、スペイン南部アンダルシア、セビリアに生まれる。17歳のとき父を亡くし、その後職を転々とするが、一八九九年に兄とともにパリへ移る。翻訳者として働きながらポール・フォール、ルベン・ダーリオらと知り合い、自らも詩人になることを決意。一九〇三年に初の詩集『孤独』を出版。同年スペイン中央部のカスティーリャでフランス語教師となり結婚するが、二年後に死別する。その経

梢から、葉が舞ひ落ちてゐる。
日ぐれが、暈《くも》つた窓硝子の向うで
いろづく。と、鏡にうつつて、

兄の顔もほんのり輝く。
かたむく日の金いろに映《は》える
絢爛《はなやか》な幻滅か。また来《(こ)》ん年《(とし)》に、
生活をまき直したい逸《はや》りか。

失はれた若き日のその嘆きか。
あはれ、とつくに、牝《め》狼《おほかみ》は死んでゐる。
まだ知らぬ白装束《しろしやうぞく》の常春《とこはる》に
音づれられる、その怖《おそ》れか。

験は『カスティーリャの野』に描かれた。一九二七年には王立アカデミー会員に選ばれた。スペイン内戦末期の一九三九年、南フランスのコリウールで死去。

見つからなかつた夢の国の
金の太陽に、うす笑ひして、
風と光を孕《はら》む白帆のわが船が
潮鳴《しほな》りの灘《なだ》を行くとでも、想ふか。

秋の葉の黄いろい飛散り、
かをり高いユーカリ樹の枝並み、
白輪《はくりん》をまたも咲きつらねた薔薇など、
兄の眼にも、見えてはゐるが……

懐かしみか、はた儚《はか》なみの苦衷は
なみだの慄《ふる》へまでこらへて、
痩我慢、男の見栄《みえ》のあとだけ、
蒼《あを》い顔に、かげも暗い。

壁の、しかつめらしい肖像がまだ、
明るい。われらは思ひに耽る。
家の寂寥裡《せきれうり》に、tic-tac と、
時計だけ。だれも、物を言はない。

# 夜明け

## アルチュール・ランボー（小林秀雄・訳）

俺は夏の夜明けを抱いた。

館の前には、まだ何一つ身じろぎするものはなかった。水は死んでいた。其処此処に屯した影は、森の径を離れてはいなかった。俺は歩いた、ほの暖く、水々しい息吹きを目覚ましながら。群なす宝石の眼は開き、鳥たちは、音もなく舞い上った。

最初、俺に絡んだ出来事は、もう爽やかな蒼白い光の満ちた小径で、一輪の花が、その名を俺に告げた事だった。

俺は、樅の林を透かして髪を振り乱すブロンド色の滝に笑いかけ、銀色の山の頂に女神の姿を認めた。

そこで、俺は面帕《かずき》を一枚一枚とはいで行った。両手を振って道をぬけ、野原をすぎて、彼女の事を鶏にいいつけてやった。街へ出ると、

＊アルチュール・ランボー
↓前出（7ページ）。

彼女は、鐘塔や円屋根の間に逃げ込んだ。俺は、大理石の波止場の上を、乞食のように息せき切って、あとを追った。

道を登りつめて、月桂樹の木立の近くまで来た時、とうとう俺は、掻き集めて来た面帕を彼女に纏いつけた。俺は彼女の途轍もなく大きな肉体を、仄《ほの》かに感じた。夜明けと子供とは、木立の下に落ちた。

目を覚ませ、もう真昼だ。

# 一九六七年を想う

## トマス・ハーディ（森亮・訳）

百年経《た》てば、人々の眼も変り、心も変る。
流行も改まる。新時代の愚者と賢者が生まれよう。
人は新しい悩みを嘆き、新しい喜びに酔うだろう。

ところで、その活気ある世紀の盛況の中で
わたしやあなたを偲《しの》ぶよすがは
一握りかそこらの土の塊りがあるのみ。

かの新しい世紀が素敵がどうかは保証できないが、
その盛りの時にはずっと広い視野がひらけるだろう、
今の馬車馬《ばしゃうま》同様に目隠しされた時代にまさる視野が。

＊トマス・ハーディ
(Thomas Hardy)
一八四〇年、イギリス、イングランド南西部ドーセット州に生まれる。一九世紀イギリス文学を代表する作家。22歳の頃ロンドンに出て建築事務所に勤める。ほぼ独学で広い教養を身につけ、勤めのかたわら小説を執筆。第二作『緑の木蔭』が認められ作家としての地位を確立した。小説に『テス』『日陰者ジュード』など。『ウェセックス詩集』をはじめとした六冊の詩集は近代詩の先駆と見なされている。一九二八年に死去。

でも、どんなに遠くまで見晴らせようとそれが私に何になる。
百年の後に私が願うことはただこれだけ、愛《いと》しい人よ、
なろうことなら、あなたを食らう虫に私もたべられたい。

――一八六七年、ロンドンにて。

# 静けき夜の思い

李白（土岐善麿・訳）

床《とこ》にさす　月《つき》かげ
うたがいぬ　霜《しも》かと
仰《あお》ぎては　山《やま》の月《つき》を見《み》
うなだれては　おもうふるさと

静夜思

牀前看月光
疑是地上霜
挙頭望山月
低頭思故郷

土岐善麿『新版　鶯の卵』
（一九五六年、春秋社より）

五絶の神品。元の范徳機は、「五言短古（拗体なので短古という）は、明らかに説き尽すべからず、含蓄すれば余味ありとは、この篇これなり」と評している。芭蕉のいわゆる「いひおほせて何かある」に通じる。

唐宋詩醇、唐詩三百首には「明月光」としてある。「看月光」のほうが音響節奏ともにいい。

＊李白（りはく）
中国、盛唐期の詩人。七〇一年に生まれる。幼少期から蜀（現在の四川省）で育つ。25歳で蜀を離れ、放浪の生活に入る。42歳の時に長安で玄宗皇帝の宮廷に入るが、44歳で追放される。この頃に杜甫と出会い、交流を深める。七五五年に安史の乱が勃発した後、永王李璘の幕僚となるが、皇帝・粛宗に討伐され、李白も捕えられる。流刑となるが、配流の途中に罪を許された。七六二年に病没。杜甫とともに「李杜」と並び称される唐代最大の詩人である。

# 信天翁

シャルル・ボードレール（大手拓次・訳）

乗組の人人は、ときどきの慰みに、
海のおほきな鳥である信天翁《あはうどり》をとりこにする、
その鳥は、航海の怠惰な友として、
さびしい深みの上をすべる船について来る。

板のうへに彼等がそれを置くやいなや
この扱ひにくい、内気な青空の主《ぬし》は、
櫂のやうに、その白い大きな羽をすぼめて、
あはれげにしなだれる。

この翼ある旅人は、なんと固くるしく、弱いのだらう！

＊シャルル・ボードレール
↓前出（39ページ）。

彼は、をかしく醜いけれど、なほうつくしいのだ！
ある者は、短い瀬戸煙管《きせる》で其嘴をからかひ、
他の者は、びつこをひきながら、とぶこの廃疾者《かたはもの》の身ぶりをまねる！

詩人は、嵐と交り、射手をあざける
雲の皇子《プランス》によく似てゐるが、
下界に追はれ、喚声を浴びては
大きな彼の翼は邪魔になるばかりだ。

# かわらぬ歌

トマス・ハーディ（森亮・訳）

鳥は全く同じ歌をうたう。
ちょっとの狂いもなく流れ出るその節《ふし》は
かつてわたしたちがここで聞いたもの、
遠い歳月のかなたで。

嬉しさいっぱいの丸覚えの歌の調べが
ひと節違《たが》わず歌われて
こんなに今日まで続いていようとは
愉快な驚きというほかない。

でも、あれは全く同じ鳥ではない。

＊トマス・ハーディ
→前出（92ページ）。

そう、あのときの鳥なら死んで土になっている。
わたしと一緒にあの歌に聞き入った人達が
みんなそうであるように。

# 外側の生のバラッド

フーゴー・フォン・ホフマンスタール（川村二郎・訳）

そして子供らは成長する　何も知らない
深い眼の色をして　成長して　そして死ぬ
そして人はみな　それぞれおのれの道を行く

そして酸い果実はやがて甘く熟れ
夜となれば　死んだ鳥のように地に落ち
そして幾日かが過ぎ　そして腐る

そして風はたえず吹き　くり返しわれらは
数多の言葉を耳にし　口にし
そして肉体のよろこびと疲れとを感ずる

＊フーゴー・フォン・ホフマンスタール（Hugo von Hofmannsthal）
一八七四年、オーストリア、ウィーンに生まれる。ギムナジウム（中学高校にあたる）在学中から詩や散文を発表。一八九一年に詩人ゲオルゲと知り合い、彼が主宰した詩誌へ韻文劇『チチアンの死』などを発表した。一九〇二年には『チャンドス卿の手紙』を出版、20世紀ドイツ文学の出発点とされる作品である。その後も歌劇『薔薇の騎士』、喜劇『イェーダーマン』や数多くの小説を執筆。

そして往還は草のあいだを走り　村々が
そこかしこに横たわる　到る所に松明　木立　池
そして威嚇にみちた　また死のように荒れはてた村……

何のためにこれらは設けられたのか？　どうして同じい
ものがないのか？　どうしてこれほど数多いのか？
どうして移り変るのか　笑いと　涙と　死が？

こんなことが何になるのか　このはかない戯れが？
無心の日々を遠ざかり　永劫に孤独な
さすらいの目途《めあて》をついにもとめ得ないわれらにとって？

こんなことを多く見たとて何になるのか？　だがしかし

一九二九年に死去。日本では森鷗外らによって紹介され、木下杢太郎などに影響を与えた。

誰かがふと「夕ぐれ」というならば　その味いはどうだろう
たった一つのこの言葉から　深い意味と哀しみがしたたる
さながらうつろな蜂窩《はちのす》から　濃い蜜のしたたり出るように

# 河をよぎりて

## リヒャルト・デーメル（大手拓次・訳）

夜《よる》は暗く、重く、ゆるやかであつた、
そして重重しくボートは闇を走つた。
他の人人はあたりに笑つた。
恰も、春が樹の皮に呼吸してるのを感ずるやうに。

うす黄の、沈黙の広い川は横《よこた》はる、
揚げ場からくるちらちらする光り、
裸の柳には少しの震へもない。
けれど私はお前の顔を見上げて、

そしてお前の息が願つてるのを感ずる、

＊リヒャルト・デーメル
(Richard Fedor Leopold Dehmel)
一八六三年、ドイツ、ブランデンブルク州に生まれる。ギムナジウム（中学高校にあたる）を放校処分となり、その後、ベルリンとライプツィヒの大学で学ぶ。会社勤めをしながら、最初の詩集『救済』（一八九一）を出版。その後文筆生活に入り、代表的な詩集『女と世界』（一八九六）を刊行。官能的な作風で人気を博した。第一次世界大戦に志願して従軍（一九一四～一六）。その時の負

私の眼をのぞいて呼ぶいぢらしい眼とともに
私は見た——私の前にも一人《ひとり》立つてゐて、
咽びながら口ごもるのを。私はお前のものだ。

折檻された光線をもつて光りは近く輝き
ぎすぎすした柳の影は
灰色の水のなかに、黒く、よろめきながら沈む、
そしてボートは、ぱりぱりと音して岸に咬みつく。

傷がもとで、一九二〇年に死去。彼の詩には多くの作曲家が作曲をした。シェーンベルクが詩を題材に作曲した弦楽曲『浄められた夜』が有名である。

# 感動

## アルチュール・ランボー（中原中也・訳）

私はゆかう、夏の青き宵は
麦穂鱬《すね》刺す小径の上に、小草《おぐさ》を踏みに、
夢想家・私は私の足に、爽々《すがすが》しさのつたふを覚え、
吹く風に思ふさま、私の頭をなぶらすだらう！

私は語りも、考へもしまい、だが
果てなき愛は心の裡《うち》に、浮びも来よう
私は往かう、遠く遠くボヘミヤンのやう
天地の間を、女と伴れだつやうに幸福に。

＊アルチュール・ランボー
↓前出（7ページ）。

# まぼろしの画面

トマス・ハーディ（森亮・訳）

これは昔の家の床《ゆか》、
踏まれて磨り減り、窪んで、薄くなっている。
以前は戸口がここにあって
人々はここから足を踏み入れたものだ。

母はここで椅子に坐り、
ほほえんで炉の火をながめていた。
バイオリンを弾く父はあそこに立って
ぐいぐい高い音《おん》へと弓を揺りうごかした。

夢見心地でわたしは稚《おさな》い踊りをおどった。

＊トマス・ハーディ
↓前出（92ページ）。

至福があの日を美しく描き上げ、
あらゆるものは微《かす》かな光につつまれていた。
でも、わたしたちはてんでにあらぬ方に目をむけていた。

# 上り坂

クリスティーナ・ロセッティ（平井正穂・訳）

この曲がりくねった道は、ずっと上り坂なのだろうか？
　そうだとも、登りきるまでは。
この旅はまるまる一日かかるのだろうか？
　朝から晩までかかるだろう。

だが、夜になったら、泊る場所はどうなんだろう？
　夕闇が迫る頃には、泊る家も見つかるはずだ。
だが、暗すぎて、見つからないってことは？
　そんな心配は無用だ、宿は必ず見つかる。
暗くて、他の旅人たちに会えないってことは？
　先に出かけた人たちはちゃんと待っているはずだ。

＊クリスティーナ・ロセッティ(Christina Georgina Rossetti)
一八三〇年、イギリス、ロンドンに生まれる。イタリア系移民の一家で、兄は画家、詩人として著名な、ダンテ・ガブリエル・ロセッティ。彼女は、兄たちの画にモデルとしてしばしば登場する。病気がちで、人生の多くを詩作に捧げた。一八九四年に病気により64歳で死去。西條八十、宮沢賢治、金子みすずなどに影響を与えた。八十が訳し、唱歌も作られた『風』が有名である。

宿が見つかったら、戸を叩くか大声で呼ぶのだろうか？
　すぐ入れてくれる、戸口で待たされることなんかない。
旅で疲れた私に、休息は与えられると思っていいのだろうか？
　いいとも、旅の苦労は報いられるんだ。
寝床は？　私はじめみんなが求めている寝床の用意は？
　勿論してある、――みんな長い旅をしてきたんじゃないか。

# 自己との対話

# 銘文

## ダンテ・アリギエーリ（日夏耿之介・訳）

斯門《ここ》踰《す》ぎて　趙《ゆ》くところ惆悵《なげき》の城市《まち》ぞ、
斯門踰ぎて　趙くところ永遠《とは》の懊歎《なやみ》ぞ
斯門踰ぎて　趙くところ泯滅《ほろび》の甿庶《たみ》ぞ、
夫《そ》れ　義《ぎ》は至崇《いとたか》き造化翁をも撼《うご》かして
全能の上帝《かみ》　至高《いと》き叡智　さてはまた
原初の愛など斯《こ》の玄門《げんもん》にしつらへしか。
永劫《とは》なるものを除きては斯門《ここ》のみまへに被造物《つくられしもの》とてあるなし。
かくありて、斯門ぞ久遠《くをん》に存立《ながら》へてあるなる。
斯門に入る衆庶《もの》　一切の宿望《のぞみ》を捨離《すて》よ。

——地獄篇第三歌

＊ダンテ・アリギエーリ
（Dante Alighieri）
一二六五年に、イタリアの中部トスカーナ地方フィレンツェに生まれる。ボローニャ大学に学び、「清新体派」と呼ばれる詩の運動をリードする。一二九〇年代はフィレンツェの市政に深く関わり、一三〇二年には敵対する勢力によって追放処分を受ける。晩年は北部のラヴェンナに移り住んだ。追放後の一三〇七年ごろから、イタリア最大の古典ともいえる『神曲』の執筆を始め、死の直前の一三二一年に完成させた。

# 自由なこころ

ヨハン・ヴォルフガング・フォン・ゲーテ（井上正蔵・訳）

わたしは　ただ自分の鞍《くら》に乗っていたい
きみたちは　きみたちの小屋に　天幕にとどまるがいい
わたしは　よろこんで遠方へ馬をはしらす
わたしの頭巾《ターバン》のうえには星くずばかり

＊

神は　きみたちのために　陸と海の
導きとして星座をおいた
きみたちが　いつも天空をながめて
心をなぐさめるように

＊ヨハン・ヴォルフガング・フォン・ゲーテ
↓前出（10ページ）。

# 「窓」より

ライナー・マリア・リルケ（堀辰雄・訳）

Ⅲ

お前はわれわれの幾何学ではないのか？
窓よ、われわれの大きな人生を
雑作もなく区限《くぎ》つてゐる
いとも簡単な図形。

お前の額縁のなかに、われわれの恋人が
姿を現はすのを見るときくらゐ、
かの女の美しく思はれることはない。おお窓よ、
お前はかの女の姿を殆ど永遠のものにする。

＊ライナー・マリア・リルケ
↓前出（21ページ）。

此処にはどんな偶然も入り込めない。
恋人は自分の恋の真只中にゐる。
自分のものになり切つた
ささやかな空間に取り囲まれながら。

Ⅳ

窓よ、お前は期待の計量器だ。
一つの生命が他の生命の方へ
気短かに自分を注がうとして
何遍それを一ぱいにさせたことか！

まるで移り気な海のやうに
引き離したり、引き寄せたりするお前、——

かと思ふと、お前はその硝子に映る私達の姿を
その向う側に見えるものと混んぐらかせたりする。

運命の存在と妥協する
或種の自由の標本。
お前に調節されて、外部の過剰も、
われわれの内部では平衡する。

# 二つの鏡

ラモン・デ・カンポアモール（永田寛定・訳）

四十路を越えしある朝よ、
鏡のなかをのぞきしに、
ふけて醜《みにく》き物あれば、
玻璃《がらす》をわれは破りてき。

ますみの鏡たましひに、
すなはち懸《か》けしわが面《おも》も、
胸ひき裂きて棄てばやと、
思ひしまでに憎かりき。

あはれ、若さと信念と、

＊ラモン・デ・カンポアモール（Ramón de Campoamor）
一八一七年、スペイン、北西部アストゥリアス県のナビアに生まれる。若い頃には聖職者を志し、後には医学の道を目指したが、いずれも果たせなかった。政治家となって活躍しつつ、詩人、劇作家として作品を発表した。詩集に『ドロラス』（一八四五）、『ウモラダス』（一八八六）など。一九〇一年に死去。

愛をなくせるその時に、
鏡をみるがあしからば、
良心《こころ》を見るはさらになほ。

# 夕べに思う

フリードリヒ・ヘルダーリン（手塚富雄・訳）

おのが小屋の門《かど》べの木陰に　やすらかに農夫は憩い
足るを知るその人にかまどの煙は立つ。
やさしく旅人を迎えて平和な
村には夕べの鐘がひびく。

舟人もいまは港へ舟を向けよう、
遠い町々では　市場のせわしさも
しだいにおさまり、　しずかなあずまやには
饗宴《うたげ》の用意が友らを待ってかがやいている。

だがわたしはどこへ？　ひとは

＊フリードリヒ・ヘルダーリン
↓前出（13ページ）。

仕事と報酬《むくい》によって生き、いそしみに憩いはつづいて
すべてのものはよろこびにみちている。なぜに
わたしの胸のうちにだけ刺《とげ》は眠ろうとしないのか。

夕べの空はいま花咲く春だ、
数しれずバラは華《はな》やぎ　やすらかに
こんじきの世界はかがやく。おお　わたしを迎え取ってくれ、
真紅の雲よ、あの高みで

光と大気のなかへ融ければいい　わたしの愛と悩みは！
だが、愚かしい願いに驚かされたのか　たちまちに
不思議は消えてゆく。あたりは暗くなる、そして
大空のしたに　変わることなくわたしは孤《ひと》りだ。

では　来るがよい　柔和な眠りよ。あまりに多くをこの心は
求めすぎるのだ。だがついにはおまえの火もしずまってゆく、
やすみを知らぬ夢を追う青春よ、
そして　しずかな晴れやかな老いが来よう。

# いちばん高い塔の歌

アルチュール・ランボー（金子光晴・訳）

＊アルチュール・ランボー
↓前出（7ページ）。

束縛されて手も足もでない
うつろな青春。
こまかい気づかいゆえに、僕は
自分の生涯をふいにした。

ああ、心がただ一すじに打ち込める
そんな時代は、ふたたび来ないものか？

僕は、ひとりでつぶやいた。「いいよ。
あわなくったって。
君と語る無上のよろこびの

約束なんかもうどうでもいい。

このおもいつめた隠退の決意を
にぶらせてほしくないものだ」

かくばかりあわれな心根の
いいようもないやもめぐらし。
聖母マリヤさまのこと以外、
当分、僕はなにも考えまい。

では一つ、マリヤさまに
お祈りをあげることとしようか。

金輪際おもい出すまいと

僕はどれほど、つとめたことか。
おかげで、恐怖も、苦しみも、
空高く、飛んでいってしまった。

それだのになぜか、不快な渇きが
僕の血管の血をにごらせている。

荒れるがままの
牧場のように、
どくむぎと芳香とがいりまじり、
花咲き、はびこる牧場のように、

不潔な蠅《はえ》が僕の心に群がって
わんわんと唸《うな》り立てている。

束縛されて手も足もでない
うつろな青春。
こまかい気づかいゆえに僕は、
自分の生涯をふいにした。

　ああ、心がただ一すじに打ち込める
そんな時代は、ふたたび来ないものか?

# 鏡

張九齢（土岐善麿・訳）

青雲《あおぐも》に　おもいはかけつ
白髪《しらかみ》の　身《み》はままならず
ただひとり　鏡《かがみ》にむかい
憐《あわ》れみあう　影《かげ》と形《かたち》と

照鏡見白髪

宿昔青雲志
蹉跎白髪年
誰知明鏡裏
形影自相憐

土岐善麿『新版　鶯の卵』（一九五六年、春秋社より）

この詩は一見落伍者の悲哀のように見えるが、決してそうではない。開元の名宰相張曲江の玄宗晩年の政治に対する深いなげきと、「口に蜜あり腹に剣あり」の李林甫に対する烈しい怒りが言外にある。「それをして蹉跎もって老いしぬ、唐室の衰えしゆえんなり」と沈徳潜は説く。

＊張九齢（ちょうきゅうれい）
中国、唐代の宰相。六七八年、韶州（現・広東省）曲江県に生まれ、曲江先生と称せられた。玄宗朝の文人宰相・張説《ちょうえつ》に認められ、嶺南出身者として初めて宰相となった。当時の政界は貴族出身者と科挙出身者で派閥があり、前者を代表する李林甫《りりんぽ》と対立し（張九齢は科挙出身）、左遷されてしまう。のち故郷へ帰ったが、七四〇年頃病没した。詩の復古運動につとめ、文集に「曲江集」がある。

# 夜と風

アーサー・シモンズ（山宮允・訳）

夜《よる》は明るくはださむく
星大空にめざめ出で、
雲影月をおほひたり。
丘の上《へ》の家をめぐりて
風は這ふ、号泣《なげき》、呻吟《うめき》の
あはひなる叫音《さけびね》立てて。

われはきく風の声音《こはね》を、
夜《よる》を吹く風の声音を、
あるひは叫び、あるは泣き、また歔欷《すすりな》く風の音《ね》を。
そはさながらに罪の子が

＊アーサー・シモンズ
(Arthur Symons)
一八六五年、イギリス、ウェールズ南西のミルフォード・ヘイヴンに生まれる。一八八九年に最初の詩集『昼と夜』を出版、一八九六年には雑誌『サヴォイ』を発行するなど世紀末文学の担い手となった。批評書『象徴主義の文学運動』（一八九九）は後続のモダニズムに大きな影響を与え、日本でも大正期に岩野泡鳴によって翻訳され広く知られた。一九四五年に死去。

寝《い》ね得ぬ夜《よる》を声高く、
ちからのかぎり哭《な》くごとく。

眠は？　眠はすべてよりそはず。
ああそはいかに忘れ得ぬいかなる罪か
めざめいでまた見まもれる？
風は外面《そとも》にうちなげき
こころは内部《うち》にうちなげく、
風こそはげにわが胸の胸のこゑなれ。

# 前線歩哨

ハインリヒ・ハイネ（高安国世・訳）

解放戦の最前線、必死の歩哨、
三十年来ぼくは立派にがんばった。
勝つ望みはないが、ぼくは戦う、
無事に家郷に帰れまいとは覚悟していた。

昼夜の別なく見張りに立ち――ぼくは眠れなかった、
夜営のテントで眠っている仲間のようには。
（それにまた雄々しいこの連中の高いいびきが
すこし眠くなったぼくの目をさましてくれた。）

そういう晩、よくぼくは退屈に耐えられず、

＊ハインリヒ・ハイネ（Christian Johann Heinrich Heine）
一七九七年、ドイツ、デュッセルドルフのユダヤ人の家庭に生まれる。最初は商人を志すが果たせず。法律家を目指し大学に進むが、ゲッティンゲン大学、ボン大学、ベルリン大学と転学をくり返す。文学に目覚め、復学したゲッティンゲン大学を卒業後は文筆生活に入る。『旅の絵』（一八二六）、『歌の本』（一八二七）などの詩集を出版。一八三一年にフランス、パリ

それにまたこわかった――（こわいものなしは馬鹿だけだ）――
まぎらそうと、ぼくはそんなとき口笛を鳴らした、
あざけりの歌の不敵な歌を。

そうだ、眠らずにぼくは立っていた、銃を手にして。
そして怪しい奴が近づくと
見事に一発ぶっぱなし、煮えた
スープのように熱い弾《たま》をいやらしい腹にぶち込んだ。

時にはもちろん、こういうこともあった、
悪者が同じぐらい鉄砲の名手で、
――ああ、ぼくもそれは否定できない――
創口《きずぐち》が裂け――ぼくの血が流れ出た。

に移住。多くの作家、音楽家と親交を結んだ、若き日のマルクスとの交流が有名である。一八四八年ごろより闘病生活を余儀なくされ、一八五六年に死去。日本では森鷗外によって紹介され、その後多くの翻訳がなされた。

歩哨が空席になる。――創口が裂ける――
一人が倒れれば、別の者があとを埋める――
ぼくはしかし敗けて倒れるのではない、ぼくの
武器もこわれてはいない――ただ心だけが破れたのだ。

# 詩人の死

ライナー・マリア・リルケ（高安国世・訳）

彼は横たわっていた。彼の持ち上げられた顔は
高い枕の中で蒼《あお》ざめ、何ものも寄せつけないようだった。
世界と、世界についてのあの知恵が
彼の五官からもぎ取られ、
かかわり知らぬ四季の流れの中にもどって行ってから。

生きた彼を目にしていた者らは、
彼があれらすべてのものとどんなに一体であったかを知らなかった。
あの谷、あの草地、あの川や湖、
すべてがそのまま彼の顔だったのだ。

＊ライナー・マリア・リルケ
↓前出（21ページ）。

おお彼の顔はあの限りない広さそのものだった、
それが今なお彼の方に近づき、彼を求めようとする。
だが今や不安な様相を示して死滅して行く彼のマスクは、
空気にふれて腐って行くくだものの
内側のようにやわらかく、開いている。

# 東山を憶う

李白（土岐善麿・訳）

ひがしやま　久《ひさ》に向《むか》わず
花《はな》うばら　いくたびさきし
白雲《しらくも》は　おのずと消《き》えて
月清《つききよ》み　誰《た》が家《や》を照《て》らす

懐東山

不向東山久
薔薇幾度花
白雲還自散
明月落誰家

土岐善麿『新版　鶯の卵』
（一九五六年、春秋社より）

かの東皐に登れば　蕪村

花いばら故郷の路に似たるかな
愁ひつつ岡に登れば花いばら

東山は今の浙江省虞県西南方にあり、六朝の名士謝安がいたところ。一に謝安山ともいう。李白は謝安の風を慕うもの。

＊李白（りはく）
↓前出（94ページ）。

# 輝く死

アンドレイ・ベールイ（米川正夫・訳）

輝ける重き杯《さかづき》
われ飲み干しぬ、大地は走り——
もの皆はくづれ落ちたり。
足下《そくか》は冷やけき空間と、大気あるのみ。
太古のままの空間に残れるものは
わが輝ける酒杯《しゆはい》——太陽。

見渡せばわが足下には
小川、森、しかして峡《はざま》
みな遠く、深く去り行く。
雲は目に霧の匂ひを

＊アンドレイ・ベールイ
（Андрей Белый）
一八八〇年、ロシア、モスクワに生まれる。モスクワ大学の数学教授の家庭に生まれ、自身も同大学数学科を卒業。一方で在学中から詩作を始め、ロシア象徴派第二世代を代表する存在となる。詩作では音楽性を重視し、一九〇三年から〇八年にかけて、『回帰』を含む連作散文詩「交響楽」を発表。その後は小説を書き、特に三部作『銀の鳩』『ペテルブルグ』『モスクワ』は高く評価された。批評家とし

吹き送り、金箔《きんぱく》したる
とばりの如く遁《のが》れくだれる……
午《ひる》の景色は次第に消えて
まひるの星はわが胸を
さし覗《のぞ》きつつ、音もなく
またたきながら、おのおの語る。
『長き流浪の旅より帰りて
故郷に目ざめぬ。健《すこやか》なりや君！……』

時は刻々すぎ行きて
世紀は移る。われは笑《ゑ》みつつ
太古のままの空間に
輝く酒杯《しゆはい》——太陽を上《あ》ぐ。

ても一九一〇年発表の『象徴主義』など多くの著作によって影響を与えた。一九三四年に死去。

# 地獄の夜

アルチュール・ランボー（小林秀雄・訳）

　俺は毒盃を一盞《さん》見事に傾けた。――たまたま俺が受けた忠告には、くれぐれも礼を言って置こう。――臓腑は焼けつく。劇毒に四肢は捩《ねじ》れ、形相は変り、俺は地上をのた打った。死にそうに喉は乾く、息はつまる、声も出ない。地獄だ、永劫《えいごう》の責苦だ、どうだ、この火の手の上りようは。俺は申分なく燃え上っている。悪魔め、ぐずぐずするんじゃない。

　俺は、善と幸福とへの改宗を、救いを予見してはいた。俺はこの幻が描けるか。地獄の風《かぜ》は讃歌なぞご免だと言う。神の手になった、麗わしい、数限りないものの群れ、求道の妙《たえ》なる調《しら》べ、力と平和と高貴な大望の数々、ああ、俺が何を知ろう。

　なるほど、高貴な大望の数々か。

＊アルチュール・ランボー
↓前出（7ページ）。

どっちにしても生活は生活だ。——地獄の責苦に終りはないとすれば。みずから不具を希《ねが》うとは、まさしく奈落の男じゃないか。俺は自分が地獄にいると信じている、だから俺は地獄にいる。カテシスムの実行だ。俺は自分の受けた洗礼の奴隷だ。両親よ、貴方が俺の不幸を作ったのだが、貴方もまた、御自分の不幸は作ったのだ。想えば不憫《ふびん》なお人よしだ。——相手が外道では、地獄も手がつけられまい。——どっちみちこれも生活だ。ゆくゆくは、計り知れない責苦の心地よさも覚える事だろう。兇行よ、急げ、人間法則の命により、俺が非情の境を墜《お》ちて行くために。

黙れ、黙るがいい、……喋《しゃべ》るだけ面汚し、どころか詰問だ、悪魔の奴が言うのである、「地獄の火など賤しいものだ、腹が立つとは、とんでもない大たわけだ」——いやもう、沢山頂戴した。……誰に誑《たぶらか》し込まれたのか知らないが、俺の犯した数々の不行跡、幻術とまやかしの芳香、たわいもない音楽、——また悪魔めに言わせれば、俺は真理を捕えて、正義を見ているのだそうだ、俺には穏健確実な判断と、完成への心構えがあるのだそうだ、……自惚《うぬぼれ》め、――頭の皮は干乾《ひから》びる。お情けだ、神様、俺は恐ろしい、喉が乾いて切ないのだ。ああ、少年時、草よ、雨よ、小石の上の湖よ、時計塔が十二時を告げた時の月の光……この時刻、悪魔は時計塔に棲《す》んでいる。マリヤ様、聖母様。……――ええ、己れの痴態《ちたい》に戦《おのの》くとは。

見下せば、この俺の身を思う律儀な魂の群れではないのか。……来るがいい……枕を口に当てがった俺の言葉を聞く奴もない。幽霊どもだ。なるほど、他人の身の上でくよくよする奴もないものだ。側へ寄ってはもらうまい。この俺が外道臭いのに間違いない。

歴史を蔑み、諸原理を忘れ、数限りない幻は、常々俺の所有であった。だが語るまい、詩人ら、夢想家たちに妬《ねた》まれよう。奴らより俺の方が、どれほど豊かか知れやしない、海のように貪婪《どんらん》になる事だ。

そうだ、生活の時計は、先刻止ったばかりであった。俺ははやこの世にはいないのだ。──神論に戯《ざ》れ言《ごと》はない、地獄はいかにも下にある、──天は頭上に。──陶酔と悪夢、燃え上る塒《ねぐら》の眠り。

野良の配慮に、どれほどの悪意があることか。……悪魔フェルジナンは野性の種をかかえて走る、……キリストは茜色《あかねいろ》の茨《いばら》を踏み、枝も撓《たわ》めず進んで行く、……キリストは逆巻く水の上を歩いた。燈火に照され、その姿は、白衣を纏《まと》い、栗毛の組髪、碧玉の濤《なみ》の腹に立っていた……

俺は、すべての神秘を発《あば》こう、宗教の神秘を、自然の神秘を、死を、出生を、未来を、過去を、世の創成を、虚無を。幻は俺の掌中にある。

聞き給え……

俺はどんな能力でも持っている。──ここには誰もいない、しかも誰かがいるのだ、俺は俺の宝をばら撒《ま》きたくはない。──黒奴《くろんぼ》の歌が歌って欲しいのか、天国の踊りが見たいのか。遁甲の術が見たいのか、それとも、指環の探索に潜水してくれとでもいうのか。どうだ、黄金が鋳《い》り出して欲しいのか、病が癒《いや》して欲しいのか。

では、俺を信ずる事だ、心を和げ、導き、癒すものは信仰だ。皆んな来るがいい、――子供たちも来るがいい、――俺は君たちを慰めよう、君たちのために、人は、その驚くべき心を放つであろう。――哀れな人々、労働者たち。俺は祈りなどを望みはしない、君たちの信頼さえあれば、俺は幸福になれるのだ。

――さて、俺一人の身を考えてみても、先ずこの世には未練はない。仕合せな事には、俺はもう苦しまないで済むのだ。ただ、俺の生活というものが、優しい愚行のつながりであった事を悲しむ。

まあいい、思いつく限りの仮面はかぶってやる。

明らかに、俺たちはこの世にはいない。何の音も聞えて来ない。俺の触感は消えた。ああ、俺の城館、俺のサックスと柳の林。夕を重ね、朝を重ね、夜は明けて、昼が来て、……ああ、俺は疲れた。

怒りのために俺の地獄が、驕《おご》りのために俺の地獄が、——さては愛撫の地獄が、俺には要《い》ったのかも知れない。地獄の合奏。

疲れた果てはのたれ死だ。いよいよ墓場か、この身は蛆虫《うじむし》どもにくれてやる。ああ、思ってもやりきれない。悪魔め、貴様も道化者だ、いろいろな妖力で、この俺が盪《とろか》したいとは。よし、俺は要求する、戟叉《げきさ》の一撃、火の雫《しずく》、いいとも、結構だ。

ああ、また、生活へ攀《よ》じて行くのか、俺達の醜さに眼を据《す》えるのか。この毒、この口づけ、重ね重ねも呪わしい。この身の弱さと、この世の辛さ。ああ神様、お情けだ、この身を匿《かくま》い給え、俺にはどうにも扱えない。——俺は隠されている、しかも隠されていない。

火は亡者を倦いて立ち直る。

# 音楽と色彩と匂ひの記憶

モーリス・ヴォケール（永井荷風・訳）

音楽と色彩と匂《にお》ひの記憶われに宿る。
逝きし日を呼び返さんとせば、
花をつみとれ。われに匂ひの記憶あり。
音楽の記憶われに宿れば、
怪しき律のうごきは
ノスタルヂヤのわが胸に昔を覚《さま》す。
花をつみとれ。楽《がく》を奏《かな》でよ。
何人《なんびと》か、何事か。忘れしものを思起《おもいおこ》すに、
われには色の記憶あり。
われ思出《おもいい》づ、紅《くれない》の黄昏《たそがれ》に、

＊モーリス・ヴォケール
（Maurice Vaucaire）

一八六三年（または一八六四年）、フランス、ヴェルサイユに生まれる。シャンソニエ（詩人兼歌手）として活躍し、多数の詩集、小説、戯曲、オペラ、オペレッタを発表した。一九一八年に死去。

わが恋人は打笑みわれは泣きけり……
われには色の記憶ぞ宿る。

# 月の昇る刹那

ワレリー・ブリューソフ（昇曙夢・訳）

わたしは月の昇るその刹那
秘めたる喜びを抱いて死にたい。
神秘な夢のまぼろしが
不思議な甘い歓楽をそそつてゐる。

光と騒擾《さうぜう》の消え行く彼方《かなた》
はて知れぬ遠方にあこがれつ、
わたしは同じ言葉や思ひを繰り返す、
馴れきつた世界を棄てようと。

わたしの心は自由に

＊ワレリー・ブリューソフ（Вале́рий Я́ковлевич Брю́сов）
一八七三年、ロシア、モスクワの商人の家に生まれる。自由主義的な環境で育つ。モスクワ大学在学中から、ヴェルハーレン、ヴェルレーヌ、マラルメ、ポオの作品を翻訳する。21歳の時、筆名を使い分けて書いた詩を、アンソロジーと称し、『ロシア象徴派』全三巻として出版、ロシアにおける象徴主義の出発点となる。一八九九年にモスクワ大学を卒業。一九〇四年から一九〇九年には象徴派の機

知識と同情との界を越して、
疲れも知らず、永久の
深淵を前へ前へと泳ぎ行く。

と、夢のまぼろしが
新しい不思議な甘い歓楽をそそつて来る。
わたしは月の昇るその刹那
秘めたる喜びを抱いて死にたい。

関誌『天秤座』の主幹として活躍した。高等文学専門学校を創設し、教育にも尽力した。革命後もソ連にとどまり一九二四年に死去。代表作に詩集『傑作』『第三の夜衛』『花冠』、短編集『南十字星共和国』など。

# 死が近づく

ハインリヒ・ハイネ（高安国世・訳）

死が近づく――今は何を隠そう、
永久に沈黙を守ることがぼくの矜持であったけれど。
きみのために、きみのために、
ぼくの心臓はきみのために打っていたのだ。

棺桶はできた、みんなはぼくを
墓の中へ下ろすだろう。そうすればぼくはやすめる。
だがきみは、だがきみは、マリアよ、きみは
幾度もぼくを思い出しては泣くだろう。

美しいその手をねじ合わせて嘆くだろう。――

＊ハインリヒ・ハイネ
↓前出（128ページ）。

ああ嘆くではない――それは運命なのだ、
人間の運命なのだ。――善いもの偉大なもの
美しいものが、あわれな最後をとげるのは。

# 十字架

## アーサー・シモンズ（山宮允・訳）

耶蘇基督《イエスキリスト》十字架に釘《つけ》られしとき
突として暗闇《くらやみ》は落ち、
三人のマリア心に叫びたり——
主《しゅ》は地獄に落ちたまへりと。
暗闇やがてまた散れば、
十字架はなほそこにありて
その後《うしろ》には、サタン、髪をば
煙のごとく風になびかせたり。

彼等の頭上、禿鷹舞ひ、
絞架のきしめく音きこえぬ、

＊アーサー・シモンズ
↓前出（126ページ）。

さはれなほ十字架の上、基督は
釘つけられしまま懸《さが》り、眼《め》ぞ物語る。
やがて、サタンにくしげに背をそむけ
その影横たはりぬ。
イスカリヲテのユダは、夜のごと暑く、
地獄の口かとばかり欠伸《あくび》したり。

# 叡智（その八）

## ポール・ヴェルレーヌ（堀口大学・訳）

――ああ、主よ、われ如何にしてけん？　あわれ、見そなわせ、わが主、
われいま不思議なるよろこびの涙に濡れてあり、
御身《おんみ》が声は同時にわれをよろこばせ、われを苦します、
その喜びも苦しみも同じくわれに嬉しきかな。

われ笑い、われ泣く、盾に立ちて
運ばれ行く青白の天使の姿ある戦場へ
征《ゆ》けと鳴るラッパを聞くと似たるかな、
その音《ね》ほがらかにわれを導く男男《おお》しかる心へと。

選ばれて在ることの恍惚《くわうこつ》と不安と双《ふた》つわれにあり、

＊ポール・ヴェルレーヌ
(Paul Marie Verlaine)
一八四四年、ドイツに隣接する、フランス北東部モゼルに生まれる。7歳の時一家でパリに移る。一八六六年『サテュルニアン詩集』を出版、上田敏の訳で有名な「秋の歌」が収録されている。一八七一年、アルチュール・ランボーと出会い、家族を捨て、共にイギリス・ベルギー・北仏を転々とする。やがて決別し、カトリックに帰依する。生涯を通して破滅的な生活を送ったが、『無言の恋歌』

われにその値なし、されどわれまた御身が寛容《（くわんよう）》を知れり、
ああ！　こは何たる努力ぞ！　されどまた何たる熱意ぞ！
見そなわせ、われここにあり、御身が声われに現《あらわ》せし望に眼《まなこ》くらみつつ
なお然も心つつましき祈にみちて
おののきて、呼吸《いき》したり……

（一八七四）、『叡智』（一八八一）といった詩集、評論『呪われた詩人たち』（一八八四）などによって、象徴派の重要な詩人となった。一八九六年に病没。その音楽的な詩には、ドビュッシーなどが多く作曲した。日本でも多くの名訳があり、長く愛されている詩人である。

# 灰色の狼

## アーサー・シモンズ（山宮允・訳）

灰色の狼はふたたび来る。われ鎖《くさり》もて
扉《と》を固く閉し置きしに、いかにしてかの灰色の狼は
わが閾《しきゐ》をばまたぎけむ？　与へんに手許に残るものも無し。
去れ、灰色の狼よ、去りてわれをば生かしめよ。
曾ては汝《なれ》に餌のみかは、汝《なれ》が欲りする物みなを、
わが与ふべきものみなを恣にも与へしが、
今は貧しく、卓上に並べるはただ
一片の小麦の麺麭（パン）と水とのみ、
わが有《も》てりしは尽く汝《なれ》取りゆけり。
去れ、灰色の狼よ、去りてわれをば生かしめよ。

＊アーサー・シモンズ
↓前出（126ページ）。

灰色の狼は、なほ、鎖されし扉《と》の側《かたはら》に踞り、
床《ゆか》の上《へ》の糧《かて》待ちまうく。
われは今見る狼の眼瞼《まぶた》のかげに、
古《いにしへ》の飢餓の血汐ぞ、潮の如く湧き来るを。
ああいかにしてこの灰色の狼をわれ去らしめむ。
今ぞわれ投げ与へむに貯蓄《たくはへ》の肉もあらなく。
狼待てり、されどああ何物も無し、せんすべつきて佇めば
わが手の上に彼《か》の眼《まなこ》ひたと落ち来ぬ。
ああ灰色の狼よ、去らむとはせずや、灰色の狼よ、
此たびこそは汝《なれ》が餌《ゑじき》にわが「心」あたへんまでは。

# セルバンテス（そねと）

ルベン・ダリオ（永田寛定・訳）

愁ひつつ、うち鬱ぎつつ、われは幾ときも、
一人ゐるなり。しかすがに、セルバンテスは
よき伴侶《とも》かな。時に、わがいらだたしさを
なだめ、またよく、わが頭脳も休ませて。

彼《きみ》こそ、人生なれや、自然なれや。
さまよひ歩くわが夢に、
戴かしむる黄金《わうごん》と金剛石《だいや》の兜《かぶと》。
嬉しきかな、彼《きみ》は太息《といき》し、笑ひ、かつ祈る。

基督を信じ、恋情《れんじやう》ふかく、騎士なれば、

＊ルベン・ダリオ
(Rubén Darío)
一八六七年、ニカラグア北部のマタガルパ県メタパに生まれる。王立図書館に勤めた後、19歳でチリに渡り作家として活動を始める。一八八八年に詩と散文からなる『青』を発表、モデルニスモ詩運動の中心的存在となる。一八九三年にはブエノスアイレスに移り、詩集『俗なる詠唱』、フランス象徴派を紹介した評論『希有なる人々』を刊行。五年後にスペインを訪れ現地の文学に大きな影響を与え

水清き山川のごと、弁もさわやか。
さればよ、われは彼《きみ》をたたへ、彼《きみ》を慕ふ、
いみじき人の不滅の寂しみに、
世の人をことごとく興ぜしむる
運命の、その真意《こころ》をばさとりて。

た。一九〇〇年の万博を機にパリへ移住、各地を放浪。その間『生命と希望の歌』『さまよう歌』などの詩集を発表。一九一六年にグアテマラで没した。

# 砂時計

アルフレッド・ジャリ（田中淳一・訳）

お前の心臓を三本の柱に吊るせ、
お前の心臓を両腕縛って吊るせ、
お前の心臓を吊るせ、涙を流し
時刻《とき》の流れとともに
沼地にうつる反映の中で空っぽになる心臓を。
お前の心臓を砂岩の柱にぶらさげろ。

血を流せ、二つの先端から
お前の反映と通じあう心臓よ。

黒い柱、つめたい柱が

＊アルフレッド・ジャリ
(Alfred Jarry)
一八七三年、フランス西部、ラヴァルに生まれる。レンヌのリセで学び、その在学中に原型の作られた戯曲『ユビュ王』は、一八九六年の初演で物議を醸し、不条理劇の源流となった。自転車の愛好家であり、小説『超男性――現代小説』（一九〇二）にはそれが反映されている。一九〇七年、薬物とアルコールによって悪化した結核のため34歳で死去。

三本の指でお前の心臓をしめつける。
お前の心臓を三本柱にぶらさげろ
三本そろって乾いて堅くびくともしない。

お前の黒い環のなかに、明るい土星よ、
お前の骨壺の灰を注げ。

お前の心臓をぶらさげろ、気球よ、
三重の記念碑的な杭に。
お前の空っぽの砂袋《バラスト》はさらさら流れる。
お前の重い亡霊がお前の吊籠だ、
自由のきかなくなった指を
お前の足の真珠母色の爪に繋留するのだ。

締めころされるお前の魂を注げ
お前の三角形の三つの狂風に。

お前の心臓をさらし台にさらせ、
そこから絶えず湧き出るお前の叫び、
お前の涙とお前の孤独な叫びが、
永遠の大河なして地上を流れる。

黒く焼け焦げたお前の腕を上げろ
地獄堕ちの亡者等に余りの時を算えるため。
お前の角の透きとおった額に
魔王はその三本の角をつけた。
疲れを知らぬお前の腕を上げろ
枝おろしした木の幹のように。

お前の顔の汗を注げ
時間がかき消えてゆくお前の影の中に。
肉体が死ぬ時刻を知っている
お前の額の汗を注げ。

消すことのできない肉体の血の上に
尽きることのないお前の砂を注げ。
お前の細くくびれた胴が
奴らの墓の上をはてしなく彷徨う、
お前のつめたい熔岩のよだれが洗い流す
奴らの白い墓の上を。

三箇所に絞首台を立てろ
せまい柱の絞首台を、

そこに心臓を吊るして売りに出すのだ。
お前の心臓の灰を投げすてるのだ
死を注ぐお前の心臓の灰を。

黒ずんだ三重の杭がそいつを噛む、
お前の心臓を噛む、涙流し、
時刻《とき》の流れとともに
沼地にうつる反映のなかを、長々と彷徨った
颪の箕にふるわれて空っぽになる心臓を。

# 悲しみ

ウラジーミル・マヤコフスキー（小笠原豊樹・訳）

徒《いたずら》に絶望した風が
非人間的に吹きつけた。
黒ずんでいく血の数滴が
屋根で冷えて固まった。
するとと夜のなか寡婦になった月が
孤独を楽しみに出て来た。

＊ウラジーミル・マヤコフスキー（Владимир Владимирович Маяковский）
一八九三年、ロシア帝国グルジア（現・ジョージア）生まれ。一九〇六年モスクワに移住。文学と政治に熱中し、ボリシェヴィキに加入する。その後モスクワ美術学校に入学、ロシア未来派に加わる。ソビエト連邦成立後レフ（芸術左翼戦線）を結成、ロシア・アヴァンギャルドをリードした。スターリン体制を諷刺したことで批判され、反目するロシア・プロレタリア作家協会にも参加する。一九三〇年、恋愛のもつれもあり、36歳で謎めいた自殺を遂げる。

# 年の行く夜

## アンリ・ド・レニエ（永井荷風・訳）

丈《せ》の高いランプが
私のうつむいた机の上
開《ひら》いた書物の間《なか》に突立つて
音もなく燃えてゐる。
何かぢつと見詰めてゐるやうな
物哀れな老耄《ろうもう》した「月日」が
書斎の中をあちこち彷徨《さまよ》ひ歩く
其《そ》の足音ももう聞えない。
低くかざす其手《そので》を暖めやうと
明《あか》るい煖炉《だんろ》の傍《そば》に坐りかける老耄《ろうもう》した「月日」は、
着てゐる冬と云ふ灰色の着物の為《た》めに、

＊アンリ・ド・レニエ
(Henri de Régnier)

一八六四年、フランス、ノルマンディー地方に生まれる。外交官志望だったが、文学を志し、マラルメの「火曜会」の重要メンバーとなる。26歳で処女詩集『Les Lendemains』（挙句の果て）を出版、以降数多くの詩集を出版する。小説家としても活躍した。一九一一年にはアカデミー・フランセーズ（フランス学士院）の会員となる。永井荷風が高く評価した詩人である。

何となく謙遜《けんそん》らしく我慢づよく
而《しか》も又真面目《まじめ》らしく見えた。
丁度私が想《おもい》の底を過ぎて
其の灰の上を歩くやうに思はれる軽い足音に、
老耄した「月日」の姿は
何となく優しく又何となく厳格《おごそか》にも見える。

夏と秋との手籠《てかご》は
向うの壁の上に掛けられてあるが、
時々に其の籠を編む柳の枝の弾《はじ》けて破れ、
茎も葉も枯れてしまつた花瓶《はながめ》の
蘆《あし》をば風がゆすぶる。
其の度々に私ははつと思つて
耳を澄まして

老耄した「月日」の顔を眺めると、
彼《か》の老女は灰色の着物を着たまま身動きもせず、
真直に伸びて鞭《むち》のやうに閃《ひらめ》く
柔かな柳の若枝の一条《ひとすじ》々々折りまげて、
笑つた夏の日
花籠を編みながら歌つた
その忘れた昔の歌をうたひもせぬ。
然《しか》しその糸車ばかりは
何処《どこ》かで蜂の鳴くやうに、
高く低く遠く近く
呟《つぶや》き唸《うな》つて
恰《あたか》も黄昏《たそがれ》の糸をつむぐがやう。
高い処にかかつてゐる時計は

鱗形《うろこがた》の彫《ほり》をした黄楊《つげ》の箱から、
消え行く時間に又一時間を加へ、
夜半《よわ》の十二時になるまで
時は次第々々に進んで行く。

すると桃色と灰色の着物きて
煖炉の傍に黙つて坐つてゐた「月日」は
立上つて消えた火を掻《か》き起す。
希望の焔《ほのお》はパッと燃え上つて、
黒ずんだ敷瓦《しきがわら》を赤く色付け、
凍《こご》えた「月日」の手先をあたためた。
私は早くも這入《はい》つて来る「時」の入口から、
「月日」の新しい顔が私の思想に向つて、
微笑んでゐるやうな心持がした。

# ランプが消える

ハインリヒ・ハイネ（高安国世・訳）

幕が下りる、劇は終った、
紳士淑女は家に帰る。
芝居は彼らの気に入ったろうか。
喝采が起ったようには思ったが。
尊敬すべきお客たちが
作者に感謝の拍手を送ったのだ。
だが今は劇場はひっそりし、
にぎやかな雰囲気も灯も消えた。

おや、あれは！　ぷつんといやな音が
空洞のような舞台のあたりでする——

＊ハインリヒ・ハイネ
↓前出（128ページ）。

古いヴァイオリンの
絃が一つ切れたのだろうか。
いまいましい、ねずみが二三びき
平土間を走りまわる。
くさった油の臭いが立ちこめる。
ひとつ残ったランプが絶望的に
あえいでしゅうしゅう音を立て、そして消える。
あわれなランプはぼくの魂だった。

# 海の微風

ステファヌ・マラルメ（鈴木信太郎・訳）

肉体は悲し、ああ、われは　全ての書を読みぬ。
遁《のが》れむ、彼処《かしこ》に遁れむ。未知の泡沫《みなわ》と天空の
央《さなか》に在りて　群鳥《むらどり》の酔《ゑ》ひ痴《し》れたるを、われは知る。
この心　滄溟《おほうみ》深く涵《ひた》されて　引停《ひきとど》むべき縁由《よすが》なし、
眼《まなこ》に影を宿したる　青苔《せいたい》古りし庭園も、
おお夜よ、素白《そはく》の衛守《まもり》固くして　虚《むな》しき紙を
照らす　わが洋燈《ともしび》の荒涼たる輝きも、
はた、幼児《をさなご》に添乳《そへぢ》する　うら若き妻も。
船出《ふなで》せむ。桅檣帆桁《ほばしらほげた》を揺《ゆら》がす巨船《おほふね》、
異邦《ことくに》の天地の旅に　錨《いかり》を揚げよ。
倦怠は、残酷なる希望によつて懊悩し、

＊ステファヌ・マラルメ
(Stéphane Mallarmé)

一八四二年、フランス、パリに生まれる。10代後半より、ボードレールとポオの影響の強い詩を発表し始める。一八六〇年代は地方の英語教師として過ごし、その独自な詩作への方法論を深めていく。一八七〇年代に入り、パリに出て、ジャーナリズム活動も行うようになる。詩の可能性を極限まで突き詰めたマラルメの詩はとても難解であり、作品の数も少ない。そして、そのために多くの詩人の憧れと

なほしかも　振る領巾《ひれ》の最後の別離を深く信ず。
かくて、恐らく、桅檣《ほばしら》は　暴風雨《あらし》を招んで、
颶《はやて》は　忽ち　桅檣《ほばしら》を難破《なんぱ》の人の上に傾け、藻屑《もくづ》と
消えて、帆桁《ほげた》なく、桅檣《ほばしら》なく、豊沃なる小島もなく……
さはれさはれ、おお　わが心、聞け　水夫の歌を。

なり、彼のサロン「火曜会」にはヴァレリーなどの多くの詩人が集まった。一八九八年に死去。その深い思索は、現代にいたるまでジャンルを超え文化全般に大きな影響を与えている。

# 美しい世界

# 明るい時　一

エミール・ヴェルハーレン（高村光太郎・訳）

おうさんらんたるわれらのよろこび
うす絹の空中に黄金《わうごん》もて織り出された！

ごらんなさいこのやさしい家とかろやかな破風《はふ》と
庭とくだものばたけとを。

ごらんなさいこの林檎《りんご》の木の下の腰かけを、
木からはまつしろな春が
ひらひらとゆるやかに花びらとなつて散る。

ごらんなさいこのつやつやした山鳩等の飛ぶのを、

＊エミール・ヴェルハーレン（Émile Adolphe Gustave Verhaeren）
一八五五年、ベルギー北部にフランデレン地方に生まれる。フランス語で創作活動をおこなう。一八八一年に文学雑誌『若いベルギー』に参加する。一八八三年に処女詩集を出版。以降、活発な創作でベルギー象徴派を代表する詩人となる。一八九八年にフランスへ移る。一九一六年、講演旅行中に、駅のホームから転落し事故死する。日本では、上田敏の『海潮音』で数編が紹

まるで何かの先き触《さぶ》れのやうに、高く
風景のあかるい天上に飛び翔《か》けるのを。
ごらんなさいこの、ほのかな青空の口から
地上に投げられた接吻のやうな、
二つの質素な清らかな青い池を、
わざとでない花が天然に其を縁取《ふちど》つてゐる。

おうさんらんたるわれらのよろこびとわれら自身と、
この花園の中でわれらの象徴にわれらは生きる。

介され、大正期には、高村光太郎が多くの翻訳を行っている。

# 明るい時　一〇

## エミール・ヴェルハーレン（高村光太郎・訳）

しづかに来て
夕暮が寂光《じやくくわう》の花々を閉ぢる
この花壇の傍にお坐りなさい、
大きな夜があなたに滲みとほるままにさせて置きなさい
われらはあまり幸福で夜のおそれの海も
われらの祈はみだせません。

あの高いところに、清い水晶の星くづが光つて居ます。
青い池よりもお寺の窓よりも
もつと綺麗な半透明な大空になりました。
やがて又今度は空がところどころだけ見えます。

＊エミール・ヴェルハーレン
→前出（173ページ）。

宏大な神秘の千百の声が
あなたのまはりで話し、
大自然の千百の律が
あなたのまはりで動き、
見えざる者の銀の矢が
あなたの魂とその熱情とを的《まと》にしてゐます。
けれどあなたは恐れない、おお！　単純な心よ、
けれどあなたは恐れない、なぜといへば
大地一切は、あなたの中に
生活とその神秘とが生ませる
此の愛に力をあはせるものと信じてゐるから。

ではしづかに手を合せて、

やさしく礼拝《らいはい》なさい。
純潔の偉大なお告《つ》げは
不思議なあけぼのの光のやうに、
夜半《よは》の大空の下にただよつてゐます。

# 自分の魂に

ウォルト・ホイットマン（有島武郎・訳）

発足が近づくにつれて、
時が逼《せま》って来るにつれて、影が――お前から雲が――私のまだ知らない、先きの世の怖れが来て、私を暗《くら》くする。

私は出で立つだらう。
私は諸《もろも》ろの州を横行するだらう――然し何所《どこ》を何時《いつ》まで旅行するか、それは自分でも判らない、
恐らくは間もなく、私が歌ひつつゆく或る日か或る晩に、私の声はいきなりやむにちがひない。

おお魂！

＊ウォルト・ホイットマン（Walt Whitman）
一八一九年、アメリカ、ニューヨーク州ロングアイランドに生まれる。家計を助けるため小学校中退。その後、職を転々とするが、一八四一年以降は主に政治ジャーナリストとして生活。一八五五年に詩集『草の葉』を自費出版。当初ほぼ無視されたが、詩人・思想家のエマソンが絶讃。その影響もあり、以後版を重ねるごとに増補、名声も高まった。南北戦争が勃発すると負傷兵の看護に励み、戦争詩『軍

凡《すべ》てはこんなことになつてしまふだけなのだらうか、
日の光の下に遠く見まはす私の眼の働き、
女性と取りかはすたとしへなき愛、
大空の下にある私のよろこび――マンハタンの逍遥、
私が遇ひ得たやむ時なき好意――若き人達の私に与へる不思議な愛着、
私の秘《ひそ》やかな回想――一人旅の間に私が吸ひ込んだ風景、星々、動物、
　雷鳴、雨雲、粗野で、無智で、気ままな私の口からの言葉――数多
　い私の過失と放恣《はうし》、
別れ際に友の唇《くちびる》が私の唇に与へた軽い接触、
歩道や畑の上に私が残した足跡、
それらは私の新たな発足にあたつて、こんなことになつてしまふだけ
　なのだらうか、
この私の新たな発足にあたつて――而かもそれで十分だ、おお魂よ、
おお魂よ、お前と私とはむき出しに姿を現はした――それで十分だ。

鼓の響き』も刊行。リンカーン暗殺後には追悼歌も創作した。一八七一年には『民主主義の展望』を発表。一八九二年死去。日本では同年に夏目漱石が紹介。民主主義詩人として有島武郎のほか、日本の民衆詩派にも影響を与えた。

# 母音

## アルチュール・ランボー（金子光晴・訳）

Aは黒、Eは白、Iは赤、Uは緑、Oは青、これらの母音について
その発生の人のしらぬ由来をこれから説きあかそう。

Aは、苛烈《かれつ》な悪臭の周《まわ》りに唸《うな》る
金蠅《きんばえ》どもの毛だらけな黒い胸着《コルセット》。あるいは、影ふかい内海。

Eは、靄《もや》、テントの白。
そびえ立つ氷山の槍先、王者の白《しろ》衣装《いしょう》、ふるえるこごめ花。

Iは、緋《ひ》の装束《しょうぞく》、喀血《かっけつ》、または腹立ちに、
自嘲《じちょう》に酔うて、わらいくずれる美貌《びぼう》の人のくちびる。

U、天の循環。みどりの海原の神秘な律動。

＊アルチュール・ランボー
↓前出（7ページ）。

家畜どものちらばる平和な牧場。
偉大な博士たちの額に、錬金術が刻みこんだ幾条の皺《しわ》のおちつき。

O、かん高く、つんざくようなひびきを立てる天使らの喇叭《ラッパ》
地上と、天上とをつらぬく静謐《しずけさ》。
Oはオメガ、天使の眼から投げおろす蛍光の光の矢。

# 母音

## ジョン・グールド・フレッチャー（西條八十・訳）

（レオン・バクストに）

Aは光と陰影《かげ》、Eは緑、Iは青、Uは紫と黄、Oは赤、
わたしの霊《たましひ》と唄の上を隈《くま》なく、これらの変化が舐《な》めひろがる。
Aは白昼《まひる》に燃える隊商《キャラバン》、あをざめた灰色の沙漠を過《よぎ》り、
堂々と幽暗《をぐら》い中へ進んでゆく。
また瀑布の野蛮な喧囂《けんがう》、船の帆の柔《やさ》しいはためき。
乱舞する谷間《たにま》にしるき黒白《こくびやく》の斑《まだら》なる顫動《せんどう》、
きよい、白蠟のやうな素馨《ヂャスミン》、黒く濃いアマランス。
Eは樹間《このま》にいらだたしく叫びかはす青鸚哥《パラキイト》、
微風《びふう》に顫《ふる》へる虹色の躁急《さうきふ》な蜥蜴《カメレオン》、

＊ジョン・グールド・フレッチャー
（John Gould Fletcher）
一八八六年、アメリカ南部、アーカンソー州リトルロックで生まれる。ハーバード大学に進むが中退。ロンドンに移り、エズラ・パウンドなどと交遊。イマジズム（写象主義）の重要な詩人とされた。一九一〇～二〇年前半をイギリスで過ごし、二〇年代後半にアメリカに戻る。一九三九年『Selected Poems』でピューリッツァー賞を受賞。南部の詩人としては初めて同賞を受賞した。晩年はうつ病に苦

木の葉の恬静《しづけ》さ、みどりの海の和《なご》やかさ、
朗らかに鳴るエシオピア人の鈴太鼓《すずだいこ》。
Ｉは風信子色《ひやしんすいろ》の、緑ばんだ夜の虹、
空の強さ、おぼろに見ゆる海の強さ、
黄金《きん》と象牙を被《き》せた像、菫《すみれ》をいただくアスィーナ、
緑玉石《ベリル》を鏤《ちりば》め、無限の響に震ふアイシス女神《ぢよしん》の鳴琴《アストラ》。
ＥとＩは紫水晶《あめしすと》の舌もつ鈴、銀の鈴、
琴線のうへにしたたる涙、風神《イーオラス》の諧調。

Ｕは小止《をや》みなく呟《つぶや》く火のやうな大竪笛《バスーン》と横笛、
熱い薔薇のほとりを飛びまはる蝶、熊蜂、
炸《はじ》けさくユーパスの花、雷鳴、鎔鉱炉、日没、鹹湖《かんこ》。
秋の無言の調べ、紅宝石《るびい》、紫、海老茶《えびちや》、
唐金《からかね》の香橙《おれんぢ》いろの膚《はだ》、黄玉《かうぎよく》を綴れる紋織《もんをり》、

しみ、一九五〇年に自死した。

東洋人の悲哀と威容、色と匂ひと陰影《かげ》、
太陽に向つて開く黒檀《こくたん》と縞瑪瑙《しまめなう》の花冠《くわくわん》、
尊きオリムパスの大神《おほがみ》、一人《いちにん》なる神の栄《はえ》！
古《いにしへ》より敢然たる大自在力《だいじざいりよく》を鳴りひびかする真紅の小喇叭《クラリオン》、
黄金《わうごん》の薔薇色なす灼《かがや》き！
これらの奇蹟を、私は日に夜に造り出づる。
Oは赤、Uは紫と黄、Iは青、Eは緑、Aは黒と白。

# あめがふる

ギヨーム・アポリネール（窪田般彌・訳）

おきき　うえとしたから　おまえをしばりつける　きずなが　きれおちるのを
おきき　あめがふれば　いっぽうで　みれんとけんおが　むかしのおんがくに　なみだをそそぐ
そして　あのあとあしでたったくもは　うまみたいにいななきだす　みみにきくまちまちのせかいそのもの
きみたちもまたふる　わがしょうがいの　すばらしいであい　おお　ちいさなしずくよ
あめがふる　おんなたちのこえが　おもいでのなかでさえも　しんでしまったように

＊ギヨーム・アポリネール
(Guillaume Apollinaire)

一八八〇年生まれ。ローマで生まれ、少年期に詩作を始める。20歳の頃パリに移り、ピカソなどと交流。前衛芸術の旗手として、後のシュルレアリストに強い影響を与えた。詩集『アルコール』、小説『虐殺された詩人』など。第一次大戦に従軍、帰還後の一九一八年、スペイン風邪により38歳で死去。堀口大学の『月下の一群』で日本に紹介され、モダニズム詩運動にも影響を与えた。

# ほろほろと

劉妙容（那珂秀穂・訳）

月はや澄みて
軒《のき》ちかく琴の音さやか
美《う》し酒君にささげて
とことはにかくあらまほし
歌をうたへば
ほろほろと何か哀しや
星となり銀河となりて
さまよはむ　影の形に添ふごとく

月既明
西軒琴復清
寸心斗酒争芳夜
千秋萬歳同一情
歌宛転
宛転凄以哀
願為星与漢
形影共徘徊

＊劉妙容（りゅうみょうよう）
生没年不詳。中国、東晋（三一七〜四二〇年）の時代の女流詩人。『宛転歌二首』より。

其二

かなし　いたまし
ながるるは涙《なみだ》のみなる
色も香も消えてあとなく
誰《た》がために奏《かな》づる琴ぞ
歌をうたへば
ほろほろと清《す》みて悲しや
霧となり煙《けぶり》となりて
天霧《あまき》らひ互《か》みに添はむ

悲且傷
参差涙成行
低紅掩翠方無色
金徽玉軫為誰鏘
歌宛転
宛転清復悲
願為煙与霧
氤氳対容姿

# 私はルイジアナで一本の槲の木の育つのを見た

ウォルト・ホイットマン（有島武郎・訳）

私はルイジアナで一本の槲《かしは》の木の育つのを見た、
全く孤独にその木は立つて、枝からは苔《こけ》がさがつてゐた、
一人の伴侶《はんりよ》もなくそこに槲は育つて、言葉の如く、歓ばしげな暗緑の
　葉を吐いてゐた、
而してそれは節くれ立つて、誇りがで、頑丈で、私自身を見る思ひを
　させた、
けれども槲はそこに孤独に立つて、近くには伴侶もなく、愛人もなく、
言葉の如く、歓ばしげな葉を吐くことが出来るのかと私は不思議だ
——何故なら私にはそれが出来ないと知つてゐるから、

＊ウォルト・ホイットマン
↓前出（178ページ）。

而して私は幾枚かの葉のついた一枝を折り取つてそれに小さな苔をからみつけ、
持つて帰つて――部屋の中の眼のとどくところに置いて見た、
それは私自身の愛する友等の思ひ出のためだとおもふ必要はなかつた、
（何故なら私は近頃その友等の上の外は考へてゐないと信ずるから）
それでもその枝は私に不思議な思ひ出として残つてゐる、――それは
私に男々《をを》しい愛を考へさせるから、
而かもあの槲の木はルイジアナの渺茫《べうばう》とした平地の上に、孤独で、輝き、
近くには伴侶も愛人もなくて、生ある限り、言葉の如く、歓ばしげな
葉を吐くけれども、
私には何んとしてもその真似は出来ない。

# 雲のかけら

ウラジーミル・マヤコフスキー（小笠原豊樹・訳）

雲のかけらが空を泳いだ。
雲のかけらは四個だった。

一番から三番までは人間で、
四番目はラクダだった。

その四個に、めずらしそうに、
途中から寄って来た五番目の雲。

青空のふところのなか、その雲を嫌って、
小さな象たちは四方に逃げた。

＊ウラジーミル・マヤコフスキー
↓前出（161ページ）。

そして六番目の雲におどかされたのか、
雲のかけらはいっぺんに溶けた。

いちばん最後に、雲たちをたべながら、
追ってきたのは太陽——黄色いキリン。

# ソネット55

## ウィリアム・シェイクスピア（西脇順三郎・訳）

大理石も王侯の金の記念碑も
この力ある詩より長くは残らない
不潔な時によごれた塵にまみれた石の中より
君はこの詩の中でもっと輝くのだ。
無駄の戦争は石像をくつがえし
争闘は石の建物を根こそぎにするのだ
軍神マーズの剣も速かな戦火も
君の生々した追憶の記録は焼き尽されない。
君は死やすべて忘却の敵に反抗して戦うのだ
最後の審判がこの世界を亡ぼすまで
後世の人たちの眼にさえ

＊ウィリアム・シェイクスピア
↓前出（17ページ）。

君を讃美する余裕がまだ沢山残るだろう。
最後の審判で君が天国へのぼるときまで
君はこの詩の中に生き愛人の眼に住む。

# 輝く星よ、私もおまえのように……

## ジョン・キーツ（松下千吉・訳）

輝く星よ、私もおまえのように常《とわ》に変らぬものでありたい。
と言っても、夜空高く孤独な輝きを放ちつつ
その瞼《まぶた》を永遠に見ひらいて、大自然の辛抱づよく
微睡《まどろみ》もせぬ隠者さながら、見まもろうというのではない、
滄海《わだつみ》が、寄せては返す波々で人住む岸辺を隈《くま》なく洗う、
あの祭司めいた清めの業《わざ》にいそしむ姿を。
また山々や荒野いちめんにひっそりと降り積った
真新しい雪の面《おもて》を見詰めようというのでもない。
そうではなくて、常に変りなく、常にいちずな心で、
美しいわがひとのふくよかに熟した胸乳《むなぢ》に枕《まくら》して、
柔らかに高まり沈むその胸の起伏をじいっと感じつつ、

＊ジョン・キーツ(John Keats)
一七九五年、イギリス、ロンドンに生まれる。ロマン派の詩運動を代表する一人。若くして両親を亡くし、医師を目指したが、詩作に傾倒した。一八一七年に『詩集』、翌一八一八年には『エンデュミオン』を出版するが、当時は評価されなかった。『レイミア、イザベラ、聖アグネス祭の前夜、その他の詩』（一八二〇）は高名な詩篇を収める有名な詩集である。一八二一年、結核のため転地療

甘美なおののきに眠りもやらず、心静めていつまでも
彼女のやさしい息のそよぎに聞き入る――そのようにして
いつまでも生きたい、いや、そのままうっと死んでもよい。

養中のローマで、25歳で死去した。日本においては明治中期以降紹介が進み、最初の訳詩集は田山花袋による『キーツの詩』（一九〇五）である。

# 夜

## ウィリアム・ブレイク（山宮允・訳）

日は西に沈んで
宵の明星がきらめく。
鳥は塒にしづもつた、
私も宿をさがさねばならない。
月は、さながら、花のやうに、
高いみ空の四阿《あづまや》に、
静かな胸の喜を
微笑《ほほえ》み照す夜の国。

さやうなら、鳥の喜び遊んだ
緑の野辺やたのしい木立ども。

*ウィリアム・ブレイク
↓前出（78ページ）。

羊の草を食うたところに
しづかに天使は歩をうつす。
すべての蕾や花のうへに、
すべての眠れる者の胸に、
ひそかに天使は祝福と
歓喜をたえずふりそそぐ。
天使は無心の鳥のあたたかに
眠つてゐる塒《（ねぐら）》のなかをうかがひ、
獣の棲む洞《ほら》をおとづれ
彼等の危害をふせいでやる——
もしも寝る目も寝られずに
泣いてる者のあるときは、
天使はその者の頭《かうべ》のうへに眠をそそぎ、
その者の寝床にはべる。

もしも虎狼のたぐひ餌に吼ゆることあれば、
天使はあはれみ佇んで泣く。
彼等の飢渇を癒さうとし
しかも羊の危害をふせぐ。
併し彼等がたけり狂へば、
天使は、いとも心して、
その柔和なる精霊《こころ》をうけて
之を新しい世界におくる。

かくしてそこに煌々たる獅子の眼に
金色《こんじき》の涙があふれ、
柔しい声に憐れを催し、
囲《かこ》ひのまはりを歩みつつ云ふであらう――

「柔和な神のために怒《いかり》は消え、
健かな神のために
病は癒えて
はやわが世にはなくなつた。

さても、仔羊よ、今や私はお前の側に打臥《うちふ》して眠り、
お前の名をもつ神をおもひ、
お前のうしろで草を食ひ泣くことが出来る。
お前の囲ひを護るとき
私の鬣《たてがみ》は黄金《きん》に輝く。」

# 夜のパリ

トリスタン・コルビエール（篠田一士・訳）

これは市ではない。世界なのだ。

海だ。なんという静かな海だ。
潮《うしお》はいまや、はるかかなたに轟き、とおのこうとしている。
波は鈍い音をたてて岸辺へもどる。
きこえないか　夜の蟹の引っ掻く音が。

ここは乾いた冥府の河だ。
屑屋のディオゲネスが手にカンテラをもってぶらぶらやってくる。
へそ曲りの詩人たちは黒い流れにいつまでも漁をする。

＊トリスタン・コルビエール
(Tristan Corbière)
一八四五年、フランス、ブルターニュ地方のモルレー近郊に生まれる。本名エドゥアール・ジョワシャン・コルビエール(Édouard-Joachim Corbière)。父は海運業者にして海洋小説家であった。病気により学業を中断せざるを得ず、一八七三年に唯一の詩集『黄色い恋』を出版し、一八七五年に29歳で病没した。生前は無名であったが、詩人ヴェルレーヌが『呪われた詩人たち』で紹介したことから、

彼らの空っぽの頭蓋は餌箱にもってこいだ。
ここは野っ原だ。身の毛もよだつような怪鳥が
穢らしいボロをひろうために羽ばたきながら旋回する。
猫の奴が鼠をめがけて、あの夜の収穫者たち、
ボンディーの少年たちからにげだす。

ここは死だ。お巡りがやられた。二階の部屋では、
女が肥った腕の肉を吸いながら憩う。
女の接吻は赤いしみをのこす。
あるものは時間だけだ。おきき、夢は身動きひとつしない。

ここは生だ。おきき、モルグのベッドのうえに目を大きくひらいて、
横たわった

象徴派の重要な詩人として知られるようになった。

真青な手足をした海神のねばつく頭のうえで
きよらかな水が永遠の唱をうたう。

# 雨

## ジョルジュ・ローデンバック（鈴木信太郎・訳）

あはれ、雨よ、あはれ、雨よ、あはれ、細く静かに降る
水の糸目《いとめ》は、『歳月《としつき》』の黒き苧玉《をだま》に繰《く》られては、
つもる年年《としどし》降る涙、涙の露に濡れし如《ごと》。
あはれ、雨よ、あはれ、さみしき夕暮よ、悲しき秋よ、
あはれ、雨よ、あはれ、雨よ、あはれ、細く静かに降る。

空はうるみ　色鈍《いろにぶ》み　暗き悩みの　気色《けしき》かな、
奥津城《おくつき》どころ行く道か、けうとき幕《とばり》　垂《た》れ籠《こ》めて、
雲の往来《ゆきかひ》　絶え絶えに　悼《いた》みの歌にさも似たり、
星のむくろを打ち乗せて　ゆららに進む柩《き》の車《くるま》、
空はうるみ　色鈍《にぶ》み　暗き悩みの　気色《けしき》かな。

＊ジョルジュ・ローデンバック(Georges Rodenbach)
一八五五年、ベルギーのフランス国境に近いトゥルネーに生まれ、すぐにヘントに移る。学生時代に、生涯の友ヴェルハーレンと出会う。大学卒業後、パリに修学、マラルメ、ヴェルレーヌと会う。弁護士となり、一八八三年にブリュッセルに移る。若手文学者のリーダー的存在となり、一八八七年には弁護士を辞し、パリに移住。多くの詩集、小説を刊行する。代表作に『死都ブリュージ

街の辻辻《つじつじ》　烏羽玉《うばたま》の虚《うつろ》の中を、喪の中を、
雨。その雫《しづく》は　わが悔《くい》の心よぎりて　消えて行く、
ほろび失《う》せにしものごとの　黙《もだ》して云はぬ涙の如《ごと》、
死人の閉ぢし眼《まなこ》より　はふりて落つる涙の如、
街の辻辻　烏羽玉《うばたま》の虚《うつろ》の中を、喪の中を。

ありし昔のわが夢の　霞の網《あみ》の　雨は降る。
水の文《あや》なす網の目に　夢の翼《つばさ》も　捕はれの
憂《う》き身となれば、神さびし声豊かなる　この鳥は、
光もとめてうらみ侘《わ》び　しづけく永く死にて行く。
ありし昔のわが夢の　霞の網の　雨は降る。

竿《さを》にかかりてうなだれて　しとどに濡るる旗のごと、

ユ』（一八九二）、『ベギン会修道女の美術館』（一八九四）など。一八九八年に43歳で急死。日本では永井荷風、西條八十などに強く影響を与え、彼の名を読み込んだ北原白秋の短歌「かはたれのロオデンバッハ～」が特に有名である。

おのが心の憂《うれ》たさをめざまし草《ぐさ》の雨降れば、
おのが心を貫きて濡らして、真冬《まふゆ》、雨降れば、
あはれ、心は　色あせしつづれ衣《ごろも》にほかならず、
竿《さを》にかかりてうなだれて　しととに濡るる旗のごと。

# 星はあきらかな…

サッポー（呉茂一・訳）

星はあきらかな　月のあたりに
かがやいた　姿をひそめる、
十五夜の　銀のひかりが
陸《おか》にあまねく　照りわたるとき。

＊サッポー（Sappho）
古代ギリシア最大の女性詩人。レスボス島（エーゲ海北東部、小アジア側）出身で、前七世紀終わりから前六世紀初めに生きたと考えられる。古代にはその作品が高く評価され、アレクサンドレイア図書館の学者たちによって八巻ないし九巻の詩集としてまとめられていたが、後に散逸、現在では後世の作家による引用や発見されたパピルス等の断片からごく一部がうかがい知られるのみである。

# 月になりたい

グスターボ・アドルフォ・ベッケル（荒井正道・訳）

月になりたい
そよ風になりたい
太陽になりたい

たそがれのひとときになりたい
あなたの刹那の
祈りになりたい
ひとり居て
神のみまえに
あなたの捧げる
祈りになりたい

＊グスターボ・アドルフォ・ベッケル(Gustavo Adolfo Bécquer)一八三六年、スペイン南部アンダルシア、セビリアに生まれる。10歳のとき両親と死別。一八五四年にマドリードに出て、職を転々としながら詩作に励むも認められず、苦しい生活を送った。晩年は一時的に安定し創作に専念。一八七〇年、34歳で肺結核のため死去。死の翌年、友人らによって全2巻の『ベッケル作品集』が出版。全詩作を収録した『抒情詩集』と、スペイン内外の伝説を題材にし

月になりたい
そよ風になりたい
太陽になりたい

た短編集『スペイン伝説集』である。その作品は後世の詩人たちに大きな影響を与えた。

# アンダルシヤの月かげ

## アーサー・オショーネシー（日夏耿之介・訳）

かげと幽光《かぎろひ》とのうつろひ多き
天《そら》に聳《そび》ゆる宮内《みやぬち》に離れ住めるこの身なり。
夢とこころとを伴侶《とも》として身はただ一人《ひとり》、
げにわが生《いのち》ぞ楽《がく》の音《ね》なる。
その幽靄《いうあい》のうちぶかく
華奢《きやしや》なる円柱《まろばしら》の真白きが内《うち》
まぼろしの思惟《おもひ》描かる。
咲く花　吹上げのあはひに
束《つか》の間を喪神《そうしん》なして
得《え》習はざる楽《がく》の音《ね》は低唱すなりけり。

＊アーサー・オーショーネシー（Arthur O'Shaughnessy）
一八四四年、イギリス、ロンドンに生まれる。大英博物館で爬虫類学者として働いた。一八七〇年、第一詩集『女の叙事詩』を出版。生前最後の詩集『音楽と月光』（一八七四）に収められた「頌歌」は特に親しまれ、エドワード・エルガーらがこの詩に作曲をしている。一八八一年に死去。

小夜《さよ》更けて　この宮居《みやゐ》
虚《うつろ》なる魔法戦慄《をののき》に一きは妖々《えうえう》たるさま哉《かな》、
月しろは木の葉ざわめく丘の上に
香《かぐは》しき大気を吐きて、
月桂樹《ロオレル》の木繁《こしげ》きあたり
艶《えん》立《だ》てる枸櫞樹《シトロン》のあひだ
紅薔薇《べにばら》の花も見ゆらむ。
月かげの文綺《よそほ》ふなべに　わがおもひ
げに来《こ》し方《かた》や妄念《そぞろごころ》を鮮《あざら》けくすとおぼえける。

# 湿気ある月

アンリ・バタイユ（大手拓次・訳）

洗濯場の灰色の玻璃窓から、
そこに、秋の夜の傾くのを見た。
誰かしら、雨水の溜つた溝に沿うて歩いて行く、
旅人よ、昔の旅人よ、
羊飼が山から降りる時に
お前の行くところに、急げよ。

お前の行くところに竈《かまど》の火は消えてゐる。

お前のたどりつく国には門が閉ざされてゐる。

広い路は空しく、馬ごやしの響は恐ろしいやうに遠くの方から鳴つて来る。急いで行けよ。

＊アンリ・バタイユ（Henry Bataille）
一八七二年、フランス、南部のニームに生まれる。『ママン・コリブリ』（一九〇四）、『結婚行進曲』（一九〇五）などで劇作家として成功。映画化された作品も多数ある。また、レフ・トルストイの小説『復活』を戯曲化した（一九〇二）が、日本ではこれを島村抱月がさらに翻案し、劇中歌「カチューシャの唄」を流行させた。詩集に『白い部屋』（一八九五）、『愛の求積』など。一九二二年に死去。

古びた馬車の燈火《ともしび》が瞬いてる、
これが秋だらう。

秋はしつかりとして、ひややかに眠つてる、
厨房《くりや》の底の藁の椅子の上に、
秋は葡萄の蔓の枯れた中に歌つてる。
此時に見出されない屍、
青白い溺死者は波間に漂ひながら夢みてる。
起つて来る冷たさを先づ覚えて、
深い深い甕のなかに隠れようと沈んでゐる。

# 白鳥

## ヘンリック・イプセン（生田春月・訳）

わが白鳥よ、
黙《もだ》せる鳥よ、
羽叩《はばた》かぬ鳥よ、
声を挙げよ。

眠れるエルフを
さまさじとて、
その助けもからで
汝《な》れは行けり。

今し会へば

＊ヘンリック・イプセン
（Henrik Johan Ibsen）
一八二八年、デンマーク、ノルウェーに生まれる。劇作家として「近代演劇の父」と称される。一八六四年祖国を出て、長く海外に住む。代表作に『ブラン』（一八六五）、『ペール・ギュント』（一八六七）、『人形の家』（一八七九）、『幽霊』（一八八一）など。日本の演劇に最も大きな影響を与えた。晩年に祖国に戻り、一九〇六年に死去。

かの誓ひも眼《め》も
みないつはりと、――
つひに知れぬ。

悲しき歌もて
道を絶ちぬ。
死につつ歌ふ――
汝れは白鳥。

# 雲雀の歌より

アレクセイ・トルストイ（米川正夫・訳）

雲雀《ひばり》の歌よりほがらかに
春の花よりあざやかに
胸は充ちたり悦《よろこ》びに
空には溢る美の光り。

悲哀のかせを打ち破り
俗世の鎖を断《た》ちきりて
新しき生の満つしほは
勝ちどき上げて寄するなり。

新たなる男々しき力

＊アレクセイ・コンスタンチノヴィッチ・トルストイ（Алексе́й Константи́нович Толсто́й）
一八一七年、ロシア、サンクトペテルブルクに生まれる。モスクワ大学を出て、長く裁判所に勤めた。『戦争と平和』のレフ・トルストイは遠戚。詩のほかに、戯曲『ドン・ファン』（一八六二）、『イヴァン雷帝の死』（一八六四）など。一八七五年に死去。

若々しくもさわやかに
ひびくなり。そは天と地の
あひだに張りし弦《つる》のごと。

## 黄昏《たそがれ》

ジョルジュ・ローデンバック（上田敏・訳）

夕暮がたの蕭《しめ》やかさ、燈灯《あかり》無き室《ま》の蕭《しめ》やかさ。
かはたれ刻《どき》は蕭《しめ》やかに、物静かなる死の如く、
朧々《おぼろおぼろ》の物影のやをら浸み入り広《ひろ》ごるに、
まづ天井の薄明《うすあかり》、光は消えて日も暮れぬ。

物静かなる死の如く、微笑《ほほゑみ》作るかはたれに、
曇れる鏡よく見れば、別《わかれ》の手振《てぶり》うれたくも
わが俤《おもかげ》は蕭《しめ》やかに辷《すべ》り失《う》せなむ気色《けはひ》にて、
影薄れゆき、色蒼《いろあを》み、絶《た》えなむとして消《け》つべきか。
壁に掲《か》けたる油画《あぶらゑ》に、あるは朧《おぼろ》に色褪めし、
框《わく》をはめたる追憶《おもひで》の、そこはかとなく留まれる

*ジョルジュ・ローデンバック
↓前出（203ページ）。

人の記憶の図《づ》の上《うへ》に心の国の山水《さんすゐ》や、
筆にゑがける風景の黒き雪かと降り積る。

夕暮がたの薫《しめ》やかさ。あまりに物のねびたれば、
沈める音《おと》の絃《いと》の器《き》に、桛《かせ》をかけたる思にて、
無言《むごん》を辿《たど》る恋《こひ》なかの深き二人《ふたり》の眼差《まなざし》も、
花毛氈《まうせん》の唐草《からくさ》に絡《から》みて縒《よ》る夢心地《ゆめごゝち》。

いと徐ろに日の光隠《ひかりかぐ》ろひてゆく薫《しめ》やかさ。
文目《あやめ》もおぼろ、薫《しめ》やかに、噫《ああ》、薫《しめ》やかに、つくねんと、
沈黙《しじま》の郷《さと》の偶座《むかひゐ》は一《ひと》つの香《かう》にふた色《いろ》の
匂交《にほひまじ》れる思にて、心は一つ、えこそ語らね。

# まひるに　二匹の蝶が

エミリー・ディキンソン（諏訪優・訳）

まひるに　二匹の蝶《ちょう》がとびたって
畑のうえでワルツを踊った
踊りながら　青空をまっすぐよぎると
光のうえにとまった

それから　つれだって
輝く海のうえをとんでいったが
どの港についたという噂《うわさ》も
きいてはいない
もし遠くの小鳥がはなしたとしても
エーテルの海で

＊エミリー・ディキンソン
→前出（57ページ）。

フリゲート艦《かん》や商船にであったとしても
そのしらせはわたしにはとどかない

# 雨

## エミール・ヴェルハーレン（鈴木信太郎・訳）

長く長く　終のない糸のやうに、長い雨が
はてし無く、灰色の昼はひねもす、
灰色の長い糸で　緑の窓玻璃《まどがらす》に、條を引く、
限りもなく、雨、
長い雨、
雨。

昨日の夕《ゆふ》から、をやみなく雨の滴《しづく》は
鬱陶《うつたう》しい黒い空に
懸つた柔《やはら》かな襤褸《ぼろ》から垂れる。
雨は降る、弛懈《たゆみ》なく　ゆるゆると、

＊エミール・ヴェルハーレン
↓前出（173ページ）。

途の上に、昨日の夕《ゆふ》から、
途の上に、小路《こみち》の上に、
絶間なく。

限りなく曲り紆《くね》つた路で
田舎から郊《まち》のはづれに向つて行く
長い幾里を、
苦しんで、汗をたらして、湯気《ゆげ》を立てて、
葬《とむらひ》の列をつくつて、通つて行く
馬車、荷馬車、佝僂《せむし》の雨覆《あめよけ》。
夜には　空にとどくかと見える
長い長い二條の平行の
歪《ゆがみ》のない轍《わだち》の中を、
幾時間も、水が流れる。

木木も住居も　泣いてゐる、
長雨に　常住《しよつちゆう》　濡れて、
執念深く　際《はて》しない　雨に。
腐《くさ》つた堤《どて》を滲み透して、
川は　牧場《まきば》に水をひかれて
濡れた秣《まぐさ》が　遙かに漂ふ。
風は　胡桃樹《くるみ》や榛《はんのき》の横面を撲《う》つ。
大きな茶色の牛が、身の半《なかば》を水に涵して、
颶風《はやて》のかたに　死のかたに　陰惨に唸る。
闇とともに　夜は近寄り、
野辺も林も覆はれて、
しかもなほ　絶えず降るのは　雨、
長い雨、
繊《ほそ》く、緻《こまか》く、煤《すす》のやうだ。

貧《まづ》しい囲《かこひ》、悲しい家家、
目路《めぢ》のすゑに　古い村落
角《かど》ばつた雨樋《あまどひ》が　石の破風《はふ》の上で
十字架を組んだ住居《すまひ》、
丘の上に　角《つの》のやうに
一様に陰鬱に　突立つた風車小屋、
程近い　鐘楼《しゆろう》と礼拝堂《らいはいだう》とを、
雨、
長い雨、
冬の間、悩ましく。

雨、
長い雨、灰色の長い糸の

水の縷《る》の長髪《ながかみ》の　皺《しわ》の、
古い国の
長い雨、
永遠の　慢性《まんせい》の。

# 雨がふつてゐる

ギイ＝シャルル・クロス（堀口大学・訳）

雨がふつてゐる、愛撫のやうだ、音楽のやうだ、
黙ろうとしないかすかな声のやうだ、
お前は夢想と仕事を続けるがよい
お前は夜ふかしするがよい、孤独な心よ。

雨がふつてゐる、時にはいそがしく、時にはゆつくりと、
雨はもう明日の朝までお前を見すてはしないだらう、
お前はランプの灯《ほ》かげで煙草をのんだり思ひにふけつたり、
またはもう一度お前の親しい悩《なや》みを独語に云つてみたりするがよい。

＊ギイ＝シャルル・クロス
(Guy-Charles Cros)
一八七九年生まれ。フランス、パリで生まれ、父シャルル・クロスの死後は母とともにデンマークで育つ。パリに進学し、第一次大戦中は四年間捕虜となった。戦後は軍事博物館に勤務。『夕べと静寂』『言葉とともに』など四冊の詩集があり、一九二七年にはジャン・モレアス賞の初受賞者となった。またヨハン・ボーエルらの作品を翻訳した功績に対してフランス学士院から一九四七年に賞を授与されている。一九五六年死去。

雨がふつてゐる――お前は眠いのか？　――雨はお前をゆすぶつてくれる
雨はささやきながら昔噺をきかせてくれる
雨はお前のためにやさしい、哀れに疲れた魂よ、
お前はもうねむるがよい、雨はそこに暗夜の中にゐてくれる。

# 雨はわたしの妹

シャルル・ヴァン・レルベルグ（山内義雄・訳）

雨はわたしの妹、
夏にふる美《あえ》かな暖かいその雨が
しつとりとした空気のなかを
やさしく飛び、やさしく逃げる。

白い真珠母《しんじゅも》の首飾りが
真青な空のなかで散りはじけた。
鶇《つぐみ》もうたへ、
鵲《かささぎ》もをどれ、
しなやかに撓《たわ》んだ小枝のうへに、
花もをどれ、巣もうたへ、

＊シャルル・ヴァン・レルベルグ（Charles Van Lerberghe）
一八六一年、ベルギーのヘントに生まれる。ローデンバックに認められ一八八六年、パリで発行されていた詩誌『ラ・プレイヤード』にメーテルリンクとともに作品が掲載される。その後ヨーロッパの各地を転々としながら詩を書き過ごした。ベルギーのブイヨンに戻り、傑作として名高い『イヴの歌』（一九〇四）を書く。同世代の作曲家ガブリエル・フォーレによって、『イヴの歌』『閉ざされた庭』には

空から降るものみな聖《きよ》い。

森の苺《いちご》で潤《しめ》つた唇《くち》を
雨はわたしの口のあたりに近づけ、
ほほゑむかとおもへば
いくつものその指先で
一度にわたしの体中《からだぢう》をさはつてみる。

ひびき涼しい草花の氈《かも》のうへに、
あしたから夕暮れかけて、
夕暮れから黎明《あさあけ》かけて、
雨は降る、雨は降る、
降りきるばかり雨は降る。

歌曲が付けられ、長く親しまれている。45歳で脳出血により闘病生活に入り、一九〇七年、46歳で死去。

さて、日はのぼる。
日はその黄金《きん》の髪の毛で、
雨の素足《すあし》をぬぐつてやる。

# 風

薛濤（那珂秀穂・訳）

ふぢばかま仄《ほの》かに香り
風の音《と》は峰に響《とよ》もす
さらさらと梢さやぎて
夜はすずし　松の下みち

獵蕙微香遠
飄紘唳一声
林梢明淅瀝
松径夜凄清

＊薛濤（せっとう）
中国、中唐の女流詩人。七七〇～八三〇年頃。長安の出身（現・陝西省西安）。四川省成都に移り住んだ。花柳界に入り、詩才に優れ、元稹、白居易らと交流があった。浣花渓《かんかけい》に住み、同地産の良質紙による詩箋《せん》を考案、評判を呼び「薛濤箋」として流行した。

# 山のあなた

カール・ブッセ（上田敏・訳）

山のあなたの空遠く
「幸《さいはひ》」住むと人のいふ。
噫、われひとと尋《と》めゆきて、
涙さしぐみかへりきぬ。
山のあなたになほ遠く
「幸《さいはひ》」住むと人のいふ。

＊カール・ブッセ
（Carl Hermann Busse）

一八七二年、ドイツ帝国ポーゼン管区ビルンバウム（現・ポーランド中西部ヴィエルコポルスカ県）に生まれる。ヴォングロウィッツの高等学校を経て、ベルリン大学に入り、哲学と歴史を学んだ。卒業後、小説家と文芸批評家として活躍。一八九二年に『詩集』を出版し、新ロマン派の詩人として認められる。その後、数多くの娯楽小説を書く。一九一八年、46歳で死去。日本では上田敏の訳詩集『海潮音』に収録された、この「山のあなた」が有名。

# あの山越えて

ビョルンスティエルネ・ビョルンソン（生田春月・訳）

あの山越えて、その先きは
どんなところか知つたらば！
ここはどちらも雪ばかり、
森は黒くもうちつづく、
遠く行きたい、ためらはず、
行けないわけもないものを。

あの山越えて、空《そら》高く
鷲は勇んで舞ひ上る！
若い力をうちふるひ
獲もののめがけて突き進み、

＊ビョルンスティエルネ・ビョルンソン（Bjørnstjerne Bjørnson）
一八三二年、ノルウェー南東部、ヘードマルクに牧師の子として生まれる。予備校でイプセンと知り合い終生の友となる。大学在学中の一八五七年に戯曲『戦いの間』を発表。翌年には小説『日向が丘の少女』を刊行し、続く『アルネ』『陽気な少年』も広く受け入れられ国民的作家となる。詩の一篇がノルウェー国歌ともなった。晩年は国外の人権問題の解決にも尽力し「人道の戦士」と讃えられた。

心のままにやすらひて
他処《よそ》の岸辺をながめやる。

あの山越えて、その先きに
あこがれもたぬ林檎の樹——
冬がすぎれば花ひらき
夏ともなれば実をむすぶ、
おまへの枝には小鳥らが
たのしく歌をうたひつつ。

あの山越えて、あこがれの
二十の年もたちぬれば、
つひに望みも空《むな》しくて
月日とともに薄《うす》らげど、

一九〇三年にノーベル文学賞を受賞。一九一〇年に死去。

空飛ぶ鳥の歌ごゑを
聞けば心の苦しさよ。

あの山越えて、小鳥らよ
こちらへ何が誘《さそ》うたか、
むかうに楽しい巣もあらう
美しいところはあるものを、
あこがれ心を持て来たか
われに翼《つばさ》はないものを。

あの山越えて、その先きへ
行きもえがたい身であるか?
聳《そば》立《だ》つ岩は気を挫《くじ》き
氷は道をとざすものを、

この山かげのふるさとが
つひの柩《ひつぎ》となるべきか。

あの山越えて、世の中へ
遠くわたしも出て行きたい！
ここは苦しく息づまる
若いこの血は燃え立てど——
ただ上へ上へと登り行かん
岩に心は砕《くだ》けざれ。

あの山越えて、いつの日か
一度は出て行く身とぞ知る、
主は待ちたまふ、その国の
うるはしさこそたのしけれ、

その戸の開《あ》かぬたまゆらを
思ふがままにあこがれん。

# セライルの庭

イェンス・ペーター・ヤコブセン（生田春月・訳）

薔薇は重たく頭を垂れる
露と香りに。
松は声なくものうげに
重たき風の中に身を揺る。
泉は重たき鈴をころがす
ものうげに安らひつつ。
寺院の尖塔《せんたふ》は天に聳立《そばだ》つ
土耳古《とるこ》の信仰《あがめ》。
やはらかな青空に
半月は照り、
百合と薔薇とにくちづける、

＊イェンス・ペーター・ヤコブセン(Jens Peter Jacobsen)
一八四七年、デンマーク、ユトランド半島北部ティステッドに生まれる。コペンハーゲン大学に入学し植物学を専攻、文学にも熱中し自らも詩作を始める。一八七二年に中編小説『モーンス』を発表。同時期、ダーウィンの『種の起源』を翻訳する。植物学者としても水藻の研究で表彰を受ける。水辺での植物採集がたたり、肺病となる。ドイツ、ウィーン、イタリアを療養のため旅行。一八八〇年、結核

セライルの庭の
セライルの庭の
花のすべてに。

が悪化する中、代表作『ニルス・リューネ』を完成。一八八五年に38歳で死去。ドイツではよく読まれ、特にリルケに強い影響を与えた。

# 病める薔薇

ウィリアム・ブレイク（山宮允・訳）

ああ薔薇《うばら》、汝《なれ》は病みたり。
吼《ほ》え狂ふあらしのなかを、
夜半《よは》に飛ぶ
見えざる虫は

真紅《しんく》の喜の
汝《な》が床を見出でぬ、
かくてその暗き秘《ひ》めたる恋ぞ
汝《な》が生命《いのち》をばやぶるなる。

*ウィリアム・ブレイク
↓前出（78ページ）。

# 朝の印象

オスカー・ワイルド（日夏耿之介・訳）

藍色《あゐ》と黄金《きん》との小夜曲《ノクタアン》　テムズの河は
灰いろの和声《くわせい》にうつり
埠頭《はとば》から黄《き》の枯草を積みのせて
一隻の脚舫《はしけ》が落ちた。寒く冷たく

黄色の霧は　橋々《はし》のもとを匍匐《はひ》くだる。
やがて　家並の壁は陰影《かげ》と化《な》り、
聖保羅院《セント・ポオル》は街衢《まち》の上に　泡沫《みなわ》のごとく
茫漠《ぼうばく》として聳《(そび)》え峙《た》つ。

そのとき　不意に生活の覚醒《めざめ》のひびき鳴り起り

＊オスカー・ワイルド
↓前出（41ページ）。

巷々《まちまち》は数おほい田舎の荷馬車《ばしゃ》に擾《みだ》された、
禽《とり》が一羽　かがやく屋宇《やね》に
翔《と》びうつり　囀《さへづ》りうたふ。

されど　ただ孤り色青ざめし女人あつて
日の光が色あしき髪の毛に接吻《くちつ》けて
瓦斯の灯《ひ》の揺《ゆら》ぐがもとを彷徨す、
火の脣《くち》と　石のこころと。

# 日曜はいつも

ジョルジュ・ローデンバック（小浜俊郎・訳）

日曜はいつもぼくたちの幼年時代に似ている。
からっぽの日、物悲しい日、青ざめた日、裸の日。
断食と禁欲のように長ったらしく、退屈な日。
緑の草が茂る朗らかな田舎へ
楽しく旅をして帰ってきた気分、
家の窓を開いてもまだ途方に暮れて
部屋から部屋を探しまわる……
さて日曜は旅から帰ったこの最初の日！

沈黙が、厚い雪となって、降る日。
貧血するように、孤児のように、

＊ジョルジュ・ローデンバック
→前出（203ページ）。

たったひとつ風車小屋のある野原や、
墓地でのように規則正しく十字を切る日。
おお　ぼくの物思いがちな幼い眼に
仄かに映った一日が
昔の衰えた姿をぼくに現わす。
薄青く陰気な紫色に見えたが、
これは略式の喪装と司祭様たちが着る
復活祭の時の上祭服《シャズブル》の紫。
過ぎ去った日曜の群よ！
葬儀のときさながら鐘が鳴って、
ぼくたちの魂に死の怖れを広めた、
日曜日の憂鬱。

さていつも日曜は幼年時代に似ている。

限りなく広い池では、沈黙した波の模様に囲まれて
雲の衰える姿が見える。
日曜日。物悲しさ、茫然とした不安……
消える憂鬱な白い花束の印象。
家に病む妹の
悲しく天使に似た印象……

エッセイ

# 美しい世界とともに

青木健

## 〈あこがれを胸に〉

とうとう見つかったよ。
何がさ？　永遠というもの。
没陽《いりひ》といっしょに、
去《い》ってしまった海のことだ。（「永遠」アルチュール・ランボー、金子光晴・訳）

この本は「15歳の海外の詩」というタイトルの通り、思春期・青年期を過ごす読者のみなさんにぜひ読んで欲しい、世界各国の名詩をまとめ紹介しています。どの詩人もみなさんと同じ頃に、詩というものに出会い、心を奪われ、自らも詩を創るようになっていきました。どの詩人の詩にも、それぞれが詩に出会った時の煌《きら》めきや、感動が、そっとパッケージされているように思えます。

そういった意味では、ちょっと恥ずかしい感じもしますが、詩人は永遠の青年、と言ってもいいかもしれません。収録した詩人たちは、それぞれお兄さんだったり、おじさんだったり、おじいさんだったりしますが、ひとりだけ本当に、みなさんとほとんど同じ年頃の詩人がいます。それが最初に引用した「永遠」を書いたアルチュール・ランボーです。

ランボーが、この詩を書いたのは18歳のころです。そして20歳までに、後の詩のあり方を大きく変えてしまう詩集を2冊書き上げ、その後は詩を書くことを完全にやめてしまいます。普通の詩人たちが生涯をかけて探し求める何かを、早々《はやばや》と見つけてしまったからでしょうか——そんなことを予感させるこの「永遠」という詩にも数多くの名訳があります。

また見付かつた。
何がだ？　永遠。
去《い》つてしまつた海のことさあ
太陽もろとも去《い》つてしまつた。（中原中也・訳）

もう一度探し出したぞ。
何を？　永遠を。
それは、太陽と番《つが》つた
海だ。
（堀口大学・訳）

また見つかった、
何が、永遠が、
海と溶け合う太陽が。
（小林秀雄・訳）

おそらく一番有名なのは、最後にあげた小林秀雄の訳ですが、10代後半の青年が書いた詩であることを考えると、中原中也の訳が、もっともやんちゃでしっくり来るかもしれません。中原中也も「青春の詩人」として根強い人気があります。彼がこのランボーの訳を出版したのは、30歳で亡くなるわずかひと月前のことです。詩を書くことをやめたランボーはその後職業を転々とし、最後は武器商人となり、病気のため37歳で亡くなります。中也のランボーへのあこがれと死、詩人であることをやめたランボーの死は、不思議とどこか響きあっているように感じませんか。

## 〈心の旅へ〉

「わたしとは一人の他者である」というランボーの有名なことばがあります。詩人は、自身をきびしく見つめる眼を持って、詩のことばをより純粋なものに練り上げ、新たなる表現の可能性を探っていくのです。

これが詩人というもの――詩人とは
ありふれた意味のものから
驚くべき感覚を――
（「これが詩人というもの―詩人とは」エミリー・ディキンソン）

この「私と世界」の巻には、詩人の発見する、感覚やイメージ、自身の精神の内面をテーマにした詩を集めました。それは、そのまま、心をめぐる旅の記録となるのです。

魅惑の風土へとお前の匂《におい》に導かれ
僕は見る、大海の波のそよぎに今も尚
疲れている帆とマストとに埋まる港を。　（「異邦の薫り」シャルル・ボードレール）

そして海に吹き起こる風は、旅の記録を記した一冊の本のページをめくり続けます。

風　吹き起こる…　生きねばならぬ。一面に
吹き立つ息吹は　本を開き　また本を閉ぢ、
浪は粉々《こなごな》になつて、巖《いはほ》から迸《ほとばし》り出る。
飛べ、飛べ、目の眩いた本の頁《ページ》よ　（「海辺の墓地」ポール・ヴァレリー）

ヴァレリーの詩の冒頭は「風立ちぬ、いざ生きめやも」という訳で、堀辰雄の小説のタイトル『風立ちぬ』としてとても有名です（ジブリのアニメ映画のタイトルは、堀辰雄の小説からなので、ヴァレリーの孫引きということになります）。

## 〈自己との対話〉

斯門《ここ》に入る衆庶《もの》　一切の宿望《のぞみ》を捨離《すて》よ。

（「銘文」『神曲　地獄篇第三歌』より　ダンテ）

ダンテの『神曲』のなかで、地獄に通じる門に記されている一文です。主人公はここを通って、暗く冷たい地獄の最下層まで降りていきます。彫刻家のロダンには、『神曲』から着想を得た「地獄の門」という作品があり、有名な「考える人」は、その門の中央高くに置かれています。その姿は、終わりのない自己との対話に思いをめぐらす詩人そのものです。

選ばれて在ることの恍惚《くわうこつ》と不安と双《ふた》つわれにあり、
われにその値なし、されどわれまた御身が寛容を知れり、
ああ！　こは何たる努力ぞ！　されどまた何たる熱意ぞ！

（「叡智（その八）」ポール・ヴェルレーヌ）

このヴェルレーヌの詩は、一行目が、太宰治の処女作品集『晩年』の冒頭に掲げられたことで、とても有名です。太宰が引用すると、そのやや自虐的な作風から、ちょっと鼻につく感じがありありますが、ヴェルレーヌの詩に込められているのは、ランボーとの間に起こった事件――当時禁じられていた同性愛と、彼を拳銃で撃ってしまったこと――についての後悔と、ざんげ、そして新たなる出発への希望なのです。

肉体は悲し、ああ、われは　全ての書を読みぬ。

（「海の微風」ステファヌ・マラルメ）

この章には、「老い」や「死」をテーマにした詩が多く集まっています。それは生きている以上避けて通ることのできないものです。しかし、そこにばかり囚《とら》われてしまっては、未知のもの、新たなる表現を生み出していくという、詩人の使命に迫っていくことができなくなってしまいます。マラルメの詩のように、詩人は意を決して、大海原へと船を出すのです。

## 〈美しい世界〉

新たなる航海の先に拡がる世界はどのようなものでしょうか。

おうさんらんたるわれらのよろこびとわれら自身と、
この花園の中でわれらの象徴にわれらは生きる。

（エミール・ヴェルハーレン「明るい時　二」）

この章には、「私」が向き合う「世界」の生命力をうたいあげた詩を集めました。ここまで詩を読み進めてきたみなさんには、詩にうたわれている、空、海、山、木々、星、月、雨、太陽などが、いつも見ている形とはまた違った装いで見えてはくるのではないでしょうか。

ここで再びランボーに登場してもらいましょう。

Aは黒、Eは白、Iは赤、Uは緑、Oは青、これらの母音について
その発生の人のしらぬ由来をこれから説きあかそう。

（「母音」アルチュール・ランボー）

母音は有声音といって、どの言語でも、ことばを形作るもっとも重要な音です。日本語では「あ・い・う・え・お」です。この詩は、音と色を結びつけることによって、より多くの映像《イメージ》を読者に投げかけます（フレッチャーという詩人の「母音」も収録していますので、比べてみると面白いでしょう）。

黒と白、そして光の3原色があれば、どんな色でも作ることができます。ランボーは、母音を黒・白・赤・緑・青に当てはめることによって、詩は世界のすべてを描くことができる、と宣言しているのです。

詩は世界を描くためのツールです。人がことばを綴《つづ》ること覚えた時から、詩は私たちとともに在り続けています。現存する最古の詩は、紀元前二〇〇〇年よりも前とされています。

あなたがこの世界をことばによって描いた時、あなたも詩人となるのです。

編者紹介

青木 健（あおき・けん）

1944年、京城生まれ。詩人・小説家・評論家。名古屋大学法学部卒。愛知淑徳大学非常勤講師(教授格)、中原中也の会理事。

主著に、〈小説〉『星からの風』（表題作は1984年度・新潮新人賞受賞作『朝の波』鳥影社)。〈評伝〉『中原中也―盲目の秋』『中原中也―永訣の秋』（河出書房新社)。〈評論〉『剥製の詩学　富永太郎再見』（小澤書店)、『江戸尾張文人交流録』（ゆまに書房)、『小島信夫の文法』（水声社)。〈詩集〉『振動尺』（書誌山田)。〈編集〉金子兜太『いま、兜太は』（岩波書店）などがある。

大人になるまでに読みたい15歳の海外の詩　②私と世界

2020年2月10日　第1版第1刷発行

［編者］ 青木 健

［発行者］ 鈴木一行

［イラストレーション・装幀・カット］ 小椋芳子

［発行所］ 株式会社ゆまに書房

〒101-0047　東京都千代田区内神田2-7-6

tel. 03-5296-0491 / fax. 03-5296-0493

http://www.yumani.co.jp

［組版・印刷・製本］ 新灯印刷株式会社

 ISBN978-4-8433-5573-2 C1398

ゆまに書房 刊行物のご案内

※パンフレット謹呈。表示価格に消費税が加算されます。

# 大人になるまでに読みたい 15歳の詩 II

四六判／並製／カバー装

各巻定価：本体一、五〇〇円＋税

【巻頭文】谷川俊太郎

まるでゼリーのように、
やわらかい思春期のこころ。
そのこころに種をまくように、
苗を植えるように伝えたい言葉たち。
彼らのよろこびや悲しみ、
さびしさや怒り、恐れと祈り……
このアンソロジーには、
彼らが空を見上げて立ち上がるための、
強く愛しい言葉が響きあっている。

## ④あそぶ
青木 健 編・エッセイ
ISBN978-4-8433-5214-4 C1392

## ⑤たたかう
和合亮一 編・エッセイ
ISBN978-4-8433-5215-1 C1392

## ⑥わらう
蜂飼 耳 編・エッセイ
ISBN978-4-8433-5216-8 C1392

好評発売中

▼大人になるまでに読みたい15歳の詩▲

①愛する［編］青木 健
②いきる［編］和合亮一
③なやむ［編］蜂飼 耳

各1,500円

大人になるまでに読みたい 全3巻
15歳の短歌・俳句・川柳
①愛と恋［編］黒瀬珂瀾 ②生と夢［編］佐藤文香
③なやみと力［編］なかはられいこ 各1、500円

全3巻

〒101-0047 東京都千代田区内神田2-7-6　TEL.03（5296）0491　FAX.03（5296）0493　http://www.yumani.co.jp/